L O C U S

LOCUS

to

fiction

書系 to 82
書名 長頸鹿的脖子

作者 Judith Schalansky（茱迪思．夏朗斯基）
譯者 管中琪
責任編輯 潘乃慧
美術編輯 顏一立
校對 呂佳真

法律顧問 全理法律事務所董安丹律師
出版者 大塊文化出版股份有限公司
台北市 10550 南京東路四段二十五號十一樓
Website www.locuspublishing.com
Tel (02)8712-3898
Fax (02)8712-3897
讀者服務專線 0800-006689
郵撥帳號 18955675
戶名 大塊文化出版股份有限公司

總經銷 大和書報圖書股份有限公司
地址 新北市新莊區五工五路二號
Tel (02)8990-2588
Faz (02)2290-1658

初版一刷 二〇一四年一月
定價 新台幣 二八〇 元
ISBN 978-986-213-492-4

Der Hals der Giraffe

by Judith Schalansky

適者生存，這道理凌駕一切之上，英格・洛馬克莫不瞭然於心，畢竟她教了三十多年的生物學。四年後，她任教的學校即將關閉，事情已成定局，無法改變——這處日漸萎縮的縣市政府所在地，位於西波美拉尼亞大後方；城市裡，孩童寥寥無幾。

東、西德統一前，英格的先生從事牛隻育種工作，如今飼養鴕鳥。他們的女兒克勞蒂亞多年前已遷往美國，完全沒有生兒育女的打算。

所有人都拒絕遵行英格・洛馬克每日在課堂上諄諄教誨的大自然運行法則。然而，當她對一名九年級女學生升起一股超越對一般年輕人又愛又恨的情感後，她那原本生物學化了的世界觀，開始鬆脫動搖。她試圖拯救無可救藥的一切，念頭卻逐漸走火入魔，愈發怪異。

在茱迪思・夏朗斯基這本小說中，一位女生物老師為維護自然法則挺身而戰，卻引頸翹望遙不可企的果實，最終背離對達爾文大神的信仰。故事場景設定在世間最瘋狂的機構：學校。

長頸鹿的脖子

自然生態系

「坐下。」英格．洛馬克說，全班同學紛紛坐下。她又說：「打開第七頁。」於是所有人將書翻到第七頁，開始進入生態系統、**自然生態系**、物種間的相互依存關係與交互作用、生物與其環境，以及群落與區域的相互聯繫。他們從混合林的食物網到草地上的食物鏈，從河流到海洋，最後來到沙漠、泥灘。

「你們看，沒有任何生物，能夠完全獨自生存，包括動物和人類在內。生物之間你爭我奪，充滿競爭。偶爾也會出現合作之類的情形，但是較為罕見。生物共存的最重要形式就是競爭，還有掠食與被掠食的關係。」

英格．洛馬克在黑板上畫出箭頭，從苔蘚、地衣、菌類，指到蚯蚓、鍬形蟲、刺蝟、臭鼬，而後再拉到大山雀、拉到鹿、再到蒼鷹，最後一個箭頭來到了狼。金字塔在她手下逐漸成形。金字塔的頂端蹲坐著人類，一旁伴隨其他幾種食肉動物。

「事實上，世間沒有一種動物能夠獵食老鷹或獅子。」

她後退一步，打量著眼前連綿壯闊的粉筆畫。顯示相互作用的箭頭圖表，將製造者與第一級、第二級的消費者，生產者與第一級、第二級和第三級消耗者，以及不可或缺的微小分解者串連在一起，所有生物同樣會呼吸，熱能會消失，生物質會增多。大自然中，各色生物各得其所。即使並非每一種生物都如此，至少每一個物種皆有其使命：掠食與被掠食。奇妙驚異，令人嘆為觀止。

「將這些寫在筆記本裡。」

學生無一不從。

新的學年才剛開始。六月的騷動喧囂終於煙消雲散，那個裸露手臂的悶熱時節。陽光來勢洶洶穿透大片玻璃，將教室變換成一間溫室。光禿禿的後腦杓裡，對夏日的期盼仍在抽發萌芽。不想虛度光陰的純粹盼望，正一點一滴奪走孩子們的注意力。游完泳後眼睛通紅，全身皮膚油膩膩，渴望自由渴望到大汗淋漓，他們無精打采地癱掛在椅子上，打起盹，睡掉了假期。有些人神智恍惚、漫不經心，有些人因為考試在即，佯裝順從聽話的模樣，像客廳地毯上投降於貓的老鼠般，將他們的生物試卷推到講台上。只為了在接下來一小時問到分數，便拿出小型計算機，貪婪急切地核算平均分數，修改至小數點後第三位。

英格．洛馬克不屬於那種只因為很快會失去面前的學生，而在期末改變原有立場的老師。她不害怕孤立無援，失足墜入無意義之中。隨著暑假腳步的接近，有些同事的態度簡直一百八十度大轉變，整個人忽然變得親切好商量。他們的課堂墮落成空洞貧乏的共同演出。這兒一道沉思的目光，那兒一個輕柔的撫觸，裝模作樣抬頭挺胸，像觀看糟糕的電影。分數如通貨膨脹般飛升，大大背叛了**優秀**這個評分等級。還有將學年成績四捨五入的陋習，藉此讓一些沒有希望的個案晉升到下一個年級。彷彿真可以因此幫助到某人似的。這些同事怎麼也不懂，對學生涉入太深，只是有損自己的健康罷了。他們不外乎是會剝奪生命能量的吸血鬼，以教師為食，拿沒有意義的問題、忽然冒出的想法、表現出倒人胃口的親密，吸取教師的權限和恐懼，不斷蠶食鯨吞。是不折不扣的吸血鬼。

英格不允許自己再被榨乾。她十分清楚自己能牽控韁繩，自由支配對方，完全無須躁狂大怒、氣憤地摔鑰匙。她對此十分自豪。偶爾再忽然天降甘霖，賞點甜頭。

重要關鍵在於，應事先為學生確立方向，給他們戴上馬兒遮眼罩，提升專注力。課堂上若是騷動吵鬧，只需拿指甲在黑板上刮出刺耳的聲音，或者講解顆粒性包生條蟲。總之，學生最好感覺自己隨時在她的掌握之中。她並不欺惑他們，給予無謂的希望，若是如此，她必得說些話才行。而她絲毫沒有發言權，也沒有選擇的機會。沒有一個人擁有選擇權。唯有物競天擇，適者生存，此外無他。

新的年度現在展開，即使這一年早就開始了。但對英格而言，落在星期一的九月一日這一天才算起始。她總在凋萎的夏季尾聲許好新年新希望，而非在耀眼的除夕之夜。她很高興學校行事曆始終能安全地帶領她穿越曆法上的年度轉換。不需要倒數計時，不需要觥籌交錯，迎接新年到來，只消將行事曆簡單翻過去就行了。

英格望向三排的學生，頭部始終文風不動。多年來，她練就堅定不移、威力無比的眼神，早已臻至完美。根據統計，在場至少會有兩名學生對這門科目感興趣，但事實發現，統計數字岌岌可危。高斯的常態分布理論靠邊站。這些學生究竟是怎麼撐到現在的？

六週來，他們遊手好閒，虛度時光。沒有一個人打開書。偉大的暑假，但已不若以往那般偉大。假期太長了！學生們好歹需要一個月，才能再度適應學校的生物週期。幸好她不必聽他們的故事。他們可以講給那個史旺涅克聽，她每次帶新的班級，就會玩認識新朋友的拉紅線遊戲。半小時後，所有參與者全纏結在紅色羊毛線裡，能一字不漏背誦出隔壁同學的名字和嗜好。

只有幾個座位上零星坐著學生，人數顯得格外稀少。在她的大自然舞台中，觀眾屈指可數，十二名學生，五男七女。第十三名學生，即使史旺涅克盡心盡力幫助他，仍然轉回實科中學(1)。多次課後輔導、家庭訪問、心理鑑定等等。某種注意力失調症。純粹的閱讀發展失調症狀。讀寫障礙之後是運算能力低下。下一個會出現什麼？生物課過敏症？早期只有缺乏運動細胞和沒有音樂天賦的學生。但是他們仍舊必須跑步、唱歌。一切不過是意志的問題。

和弱者攪和在一起，就是不值得。他們淨是妨礙別人繼續前進的包袱，且是天生的累犯，是健全同學們身上的寄生蟲。這些愚蠢的人早晚會停滯不前，鎩羽失敗。強烈建議讓他們盡可能提早面對真相，而非在他們一次又一次觸礁後，不斷給予新的機會。點醒他們，他們沒有先決條件成為貢獻社會的有用之人。為什麼要偽善呢？並非人人都辦得到的。況且，何苦非得如此？每一個學年都會出現沒出息的傢伙。只要其中一些能培養出基本的美德，便該額手稱慶。禮貌、守時、清潔。如今不再評量品行分數，實在是大不幸。秩序、勤勞、合作、貢獻，是這個教育制度中的清寒證明。

越晚脫離失敗者的身分，越發危險。失敗者會糾纏同儕，甚至提出不合理的要求：要有能見人的期末分數、老師正面的評價，甚至得寸進尺，要求薪資優渥的工作和幸福的生活。這全是長年的支持、短視的善意和失職的寬宏大量所造成的結果。欺騙前途無望的個案，等哪天他們身攜土製管式炸彈和小型步槍衝入校園，報復多年來肯許給他們卻始終無法兌現的承諾時，也無須訝然詫異。接踵而來的便是一串又一串的紀念燭火。

近來，每個人尤其誇言自我實現。可笑至極。沒有一件事、沒有一個人有此資格。即便是社會，也不符要求。或許只有大自然沾得上邊。物競天擇的原則將我們塑造成今日的樣貌——擁有最深大腦皺褶的生物——並非沒有道理。

但是那個狂熱渴望一體化的史旺涅克沒有辦法放手。對於用長板凳排出字母、用椅子排出半圓的人，能有什麼指望呢？長期以來，他們排出了大U字形，環繞著老師的講桌。最近甚至出現有稜有角的O字形，將所有人連結在一起，沒有起點，也沒有終點。一切唯有圓滿，她在教師休息室曾經如此說過。她讓十一年級的學生對她說話時不須尊稱「您」。英格曾聽見一個女學生說：「我們要叫她『卡蘿拉』。」卡蘿拉！老天哪，又不是上髮廊！

英格從學生九年級開始，說話時會尊稱對方「您」。這是學生在這段獻給青春歲月的年紀中，應該養成的習慣。還有宇宙、地球、人類，以及社會主義康乃馨。提醒他們記住自己的不成熟，與他們保持一定的距離，這是最有效的方法了。

親密、諒解，不屬於專業人士應有的行徑。雖能明白學生期待獲得老師寵愛的心態，仍顯得卑微可憐。向權力者卑躬屈膝。然而，老師向青少年賣弄風情，最數無可寬宥。半邊屁股坐在講台上，抄襲而來的流行時尚和語言，脖子繫著五彩繽紛的絲巾，頭髮染成金色。一切只為了不與他們二致。毫無尊嚴可言。把僅存的禮節，獻給自以為彼此是生命共同體的短暫幻覺。尤其是那個史旺涅克和她的寵兒：一群下課時間總拉著她講個不停的吱喳喳女學生，以及那些變聲期的受害者，她在他們面前杏眼圓瞪，塗著口紅的嘴唇發出最廉價的「信號刺激」表演。想必她已八百年沒有照鏡子了。

英格沒有偏愛的學生，以後也不想擁有。愛慕是種被誤導的不成熟豐沛情感，是種在荷爾蒙驅使下，侵襲青少年的亢奮狂熱。雖然脫離了母親的裙襬，仍無能力應付異性的魅力。一個無助的同性朋友或者高不可攀的成年人，便取而代之成了稚嫩不成熟情感的投射對象。臉頰上斑斑點點，眼睛黏呼呼，神經兮兮的。一次在一般情況下因為生殖腺成熟能自行解決的尷尬過失。不過想當然爾，缺乏專業素養與能力的教師，唯有借助性的信號，才能拋開他的教材。巴結諂媚的實習老師。所謂的萬人迷老師。那個史旺涅克。

她在教師會議上極力為八年級的笨蛋學生辯護，眉頭緊蹙，塗得豔紅的嘴唇朝全體教師大喊：每一個學生我們都不能放棄啊！偏偏是這個膝下無子、剛被老公拋棄的史旺涅克，提起了孩童是國家未來的主人翁。

絕對沒有未來這回事。這裡的孩子不是我們的未來。確切地說，他們是過去：她面前的九年級生是查爾斯‧達爾文文理中學最後一批學生，四年後將參加高中畢業考試。英格應該扮演好導師的角色。只有九年級這一班。學生不再需要像以前那樣，被加上字母，從A班分到G班。以出生年度為主，就像軍隊中的連隊一般強健。正因如此，他們才能拼湊成一班。在德國出生率最低的年度，不啻是個奇蹟。之後的班級，人數就不足了。四處流傳達爾文文理中學即將關閉的消息，其他三所社區學校的同僚達成協議，慷慨考慮高年級生的推薦事宜。結果，成績勉強過得去的文理中學的學生也得以獲得晉升。

以前不管老師如何推薦，總會有相信自己的孩子適合念文科中學的家長。但如今在這座城市中，連家長也逐漸減少了。

不，她不認為這所學校裡的孩子是演化皇冠上的鑽石。發展與發育是截然兩回事。此處驚人展現了質與量的改變是徹底獨立發生、互不相干，令人印象深刻。在童年和青春期之間優柔曖昧的門檻上，人絲毫不賞心悅目。這是發展的一個階段。成長中的四足動物，而學校是一處畜欄。如今，艱難的時刻到來，教室裡頭的空氣抗拒著此一年齡層的味道，麝香、釋放出的性激素、狹窄窒悶、逐漸發育成形的軀體、汗涔涔的膝窩、油嫩的肌膚、無神的雙眼、永無停歇的生長與發育。在性成熟之前教導他們，會簡單許多。不過真正的挑戰在於，探究他們遲鈍的表象底下發生了何事：他們是否大幅超前，無法企及；或者因為被重重包圍而遠遠落後。

他們沒有意識到自己的狀況，也欠缺克服自身狀況的紀律。獨自愣怔出神，無精打采，疲勞過度，只關心自己的事情，變得懶惰散漫，全憑慣性而反抗。地心引力對他們的影響似乎增加了三倍。凡事不過是勞頓費勁。痛苦程度不遜於毛毛蟲耗費精力破繭而出的變態，耗盡了身體支配的每一股能量。然而，只有少數能真正轉變成蝴蝶。

成長，在此刻需要奇形怪狀的「中間形」，青春痘之類的第二性徵在中間形大量繁生。成為人類，過程艱辛又麻煩，這段時期就像觀賞影片時的快動作般呈現。個體發育不僅扼要地再現了種系發生史，青春期也一樣。他們一天又一天成長茁壯。而且一陣又一陣，還

經過了夏天，所以要想再度辨識他們，棘手困難。乖巧聽話的女孩轉變成歇斯底里的畜生，聰明伶俐的男孩變成冷漠的無產階級。此外，還加上挑選男女朋友的愚蠢考驗。不，人一點也不獨特，卻符合公平正義。那狀況有點類似生病，只能等待它過去。動物若長得越大、活得越老，青春延續得越久。人類發育成熟約莫需要三分之一的人生。一個年輕人要能自力更生，平均需要十八年。沃夫崗第一段婚姻所生的孩子年滿二十七歲之前，他一直幫忙支付費用。

這些半熟的人生新鮮人就坐在那兒，削尖鉛筆，畫下黑板上的金字塔，頭部每五秒抬起、低下一次。尚未學習完全、發展成熟，卻妄想自我實現，不顧廉恥，蠻橫地要求絕對。他們不再是四處倚賴別人的小孩，拿破綻百出的藉口忽視個體距離，強索他人的觸碰，毫不掩飾地直愣愣瞪著人，像鄉間巴士上鬧事的青少年。他們是年輕的成人，已具有生育能力，卻仍像提早收成的青澀水果。對他們而言，英格一定顯不出年紀。更有可能的是，他們純粹只覺得她老。她處於對學生來說不會再變化的狀態。年輕人會老化，但老年人不過就是老年人罷了。她早已走完半衰期。幸好。所以她至少免於在他們眼前發生顯著的改變。這想法令人感到安心。反倒是她會親眼見證這些人的成長過程，就像她以前看過的其他學生一樣。有了這層認知，她感覺自己強而有力。所有學生都相似得讓人混淆，群體朝課程目標邁進。但是，他們在最短時間內可能變得刁鑽獨立，並循跡找到共犯。而她自己則將開始忽略這些跛腳小馬，暗地裡找出純種良駒。她曾經好幾次出現正確的感覺，找到了駕駛員、女海洋生物學家。在這個鄉下城市，如此已算成果豐碩了。

最前排坐著一個膽怯的牧師小孩，從小在木頭天使、融化的蠟燭和木笛課程中長大。最後一排有兩個精心打扮的驕縱女孩，一個嘴裡嚼著口香糖，一個著魔地不斷撫順她的黑色馬毛，一綹一綹地檢查毛髮。隔壁是一頭淡金色頭髮的矮個子男生，身高還像個小學生。這是自然界展現的性別發展不均衡。

最右邊靠近窗前，有個晃動不安分的小型靈長類動物，開著嘴，等待說出鄙俗的意見來鞏固地盤。現在只缺用力槌打胸前了。她面前躺著學生簽到用的點名單，上頭將簽下具有法律效力文件的潦草字跡。**凱文**。是的。一如既往。

「凱文！」凱文被嚇得猛然抬起頭。

「舉出我們這個地區裡的幾個生態系！」坐在他前面的學生譏笑出聲。喏，等著瞧。

「保羅，外頭那棵是什麼樹種？」保羅望向窗外。

「呃……」微微清了一下嗓子。幾乎令人心生同情。

「謝謝。」他一臉愁眉不展。

「我們沒有教過。」凱文堅稱，他想不出更好的說法了。大腦像個中空的器官。

「是嗎？」現在她面對全班同學，正面進攻。

「所有人再好好想一想。」

寂靜無聲。最後，第一排有個綁馬尾巴的學生舉手要求發言，英格遂了她的意。她當然心裡有數。這樣的女學生每一年都會有。一隻綁著馬尾的小馬，將課堂馬車拉出泥淖。教科書正是為了這種女孩撰寫的。她們求知欲非常旺盛，會拿螢光筆在筆記本中寫下關鍵句，且仍舊懼怕老師的紅筆。愚蠢的工具卻看似擁有無邊的權力。

她非常熟悉他們這類人，一眼就能辨識出來。像她這樣的學生，英格經手過好幾群、好幾班，一年又一年。他們毋須驕矜自大，本身就很特別。沒有什麼意外驚喜。更動的只是全體演員。這次參與表演的會是誰呢？只消看一眼座位表即可瞭然於心。命名，決定了一切。每個生物體各有名和姓：種、屬、目、綱。不過，一開始她只想記住他們的名字。

Ferdinand

費迪南

親切友善卻漫不經心。眼神空泛。如天竺鼠般躁動不安。太早入學。特別晚熟。

Kevin

凱文

骯髒不潔，愛自吹自擂。上唇上方稀疏幾根鬍鬚，油光滿面。腦筋不靈光卻愛挑釁——糟糕透頂的組合。唯有不斷餵食，才會保持安靜。熱切渴望有個支持者。棘手程度中等。壓力鍋一個。

Paul

保羅

凱文難以對付的死對頭。生長快速，肌肉發達。善於表達的生物。一頭蓬亂的紅色長髮。血液循環良好的嘴唇邊始終掛著冷笑。文思敏捷，聰明卻懶散。具反抗能力，熱愛冒險。

Tom

湯姆

身體肥胖臃腫，惹人厭。全是脂肪的臉上眼睛細小。神情空洞愚鈍：因為夜晚遺精，更顯得恍惚昏沉。蠑螈還比他漂亮。失敗的身材比例隨著成長而獲得改善的希望渺茫無蹤。

Annika

安妮卡

棕色頭髮綁成辮子，有一張無趣的臉。野心勃勃，陰鬱寡歡，勤奮努力。上課愛表現。天生的班長。耗神勞累。

Jakob

雅各柏

牧師小孩。典型會坐在第一排的學生。單薄瘦小。即使戴著眼鏡，仍瞇著眼。手指神經質地動個不停。頭髮像鼴鼠毛般濃密服貼。肌膚幾近透明，令人不適。至少有三個兄弟姊妹。沒有心機。

Jennifer

耶妮佛

金髮，一字嘴。早熟，天生自私自利。沒有進步的可能性。肆無忌憚的上圍，參加競賽的胸部。

Saskia

薩絲琦亞

不化妝可能還稱得上漂亮。臉型扁平，額頭高聳，眉毛精心修整，表情呆滯。有整理毛髮強迫症。

Laura

勞拉

劉海茂密呆板，蓋在眼皮上。目光昏沉無采，皮膚長了許多粉刺。沒有企圖心，對凡事提不起任何興致。如同雜草般不引人注意。

Tabea

泰貝雅

穿著變形凹軟的褲子和洞洞毛衣的野孩子。娃娃臉，眼如銅鈴。彎腰駝背的左撇子。同樣也沒什麼出息。

Erika

艾莉卡

杜鵑花。體態駝傾，透出憂傷。膚如凝脂，有許多雀斑。指甲咬得坑坑巴巴，棕色頭髮糾成一團。一眼斜視，目光乜斜固定。疲勞不堪，同時又清醒警覺。

Ellen

愛倫

吃苦耐勞的動物。額頭飽滿，目光如兔。下課時間被嘲笑，整天愁眉苦臉。現在已像個老處女般多餘無用。一生都是受害者。

就是如此。一如往常，沒有特別令人驚喜之處。綁馬尾的學生已回答完畢，雙手平擺在桌上，眼神熱切地望著黑板。

英格走到窗邊。沉浸在上午微弱的陽光裡，感覺舒暢愜意。樹木逐漸開始變色。葉綠素的減少，為明亮多彩的葉子顏色空出舞台。類胡蘿蔔素和葉黃素。栗樹的長型葉遭潛葉蛾啃蝕，葉緣已經轉黃。樹木在不久終將掉落的葉子身上下了很大工夫，就如同身為老師的她一樣。三十多年來，每一年始終是同一套。周而復始，永遠從頭開始。

他們仍舊太年輕，不懂得推崇集體習得的知識所飽含的意義。更別期待他們銘感五內。這裡只涉及傷害控管，而且是針對最好的情況而言。學生是種沒有記憶的生物，總有一天終將離開。唯有她一人獨自被留下來，雙手遭粉筆灰侵蝕得乾燥萎縮。留在這個教室，這裡，在被捲起的掛圖和裝滿示範教材的展示櫃等物品之間，櫃子裡有斷骨的骷髏、皮膚有撕裂傷的油膩老舊塑膠器官模型，以及毛皮有火燒痕跡的獾標本，瞪著死氣沉沉的眼睛透過玻璃往外看。不久的將來，他們很可能也會如此處置她。就像那個死後仍心繫大學的學者，他最後成了木乃伊，每週一起參加會議，實現了生前的遺願。別人為他的骨架穿上衣服，塞進稻草，在頭顱塗滿防腐劑。但不知哪兒出了差錯，最後只裝上了蠟做的頭殼。她在倫敦時看過他。克勞蒂亞當時正就讀那所大學。他屈坐在超大型木製玻璃櫃裡，拿著手杖，頭戴草帽，手上戴著麂皮手套，和她一九八七年春天在艾絲葵西精品店買的那雙一模一樣。花了她八十七馬克。列寧至少還睡著，夢得到他的共產主義。但是那位英國人至今仍堅守職責，日日注視學生穿梭於不同的講堂。展示櫃是他的墳墓，他本身則成了自己的紀念碑。永恆的生命。比器官捐贈者還好。

「老人，」她驀地開口說：「即使其他事情忘得一乾二淨，依然能回想起求學時期。」她自己便時常夢見學生生活，尤其是畢業考。夢見她呆杵著，腦筋一片空白。成長過程中，她花了點時間才瞭解自己無須再恐懼害怕。她置身的是另一邊，安全穩當的那一邊。

她轉過身。滿室錯愕發愣的眼神。

但是，人一秒也鬆懈不得。轉眼間，底下冷不防討論起各種沒營養的蠢事。最喜歡吃的早餐、失業的原因、寵物葬禮。一時之間，學生各個變得精神抖擻，眼看一堂課就要這麼過去。她冒著危險，大膽地將話題導回生態系，緊緊攀附不放。方才情緒高漲的孩子馬上又露出空洞無聊的神情。天氣最是危險。天氣距離個人精神狀態不過咫尺。然而，不能讓他們獲悉她的內心變化。若要如此，除非恰當地重拾方才失去的掌控權。她刻意放緩腳步，慢慢走回講台，離開五彩繽紛的樹葉，離開危機重重的天氣。逃回前方。

「阿茲海默症和失智症患者想不起自己孩子和另一半的名字，卻能記住生物老師的姓名。」悽慘的經驗硬是比美好的回憶更讓人牢記在心。

「誕生或結婚也許是人生的重大事件，但是並不擔保在記憶中絕對保有一席之地。」大腦是個篩網。

「記住：無一事是安全穩當的；安全穩當什麼也不是。」

她甚至用食指敲著腦袋。

學生無不驚愕地望著她。

回到課本。

「世界上大約有兩百萬物種。一旦環境條件發生變化，物種就會受到傷害。」

興味索然，無動於衷。

「你們知道哪些已經滅絕的物種？」

少數幾個人舉起小手。

「我的意思是，除了恐龍之外。」

舉高的手又紛紛放下。兒童臥室中的黑死病。他們連烏鴉和白頭翁都分不清，卻能夠背誦分類學上已絕種的大型爬蟲類，憑印象描繪出腕龍的模樣。這是病態的初期狂熱。不久，他們腦中可能會出現自殺的念頭，晚上跑去墓園夜遊。對死亡的世界賣弄風情。死亡的傾向多於死亡的衝動。

「例如原牛、普氏野馬、高山禿鷲、塔斯馬尼亞袋狼、大海雀、度度鳥，還有，史特拉海牛！」

學生們毫無頭緒。

「生存在白令海的大型生物，身軀有好幾噸重，頭小，四肢退化萎縮，皮膚厚達好幾公分，觸感像古老橡樹的樹皮。大海牛是種安靜的動物，從來不會叫，即使受傷，也不過輕輕嘆口氣。牠們天性溫馴，喜歡靠近岸邊，所以人類容易觸摸到牠們。但是，同樣也能輕而易舉地殺死牠們。」

「您從哪裡知道得這麼清楚？」艾莉卡沒頭沒腦冒出一句，沒有先舉手。

這問題合情合理。

「德國博物學家喬治．史特拉（Georg Steller）的研究。他是看見大海牛最後身影的人

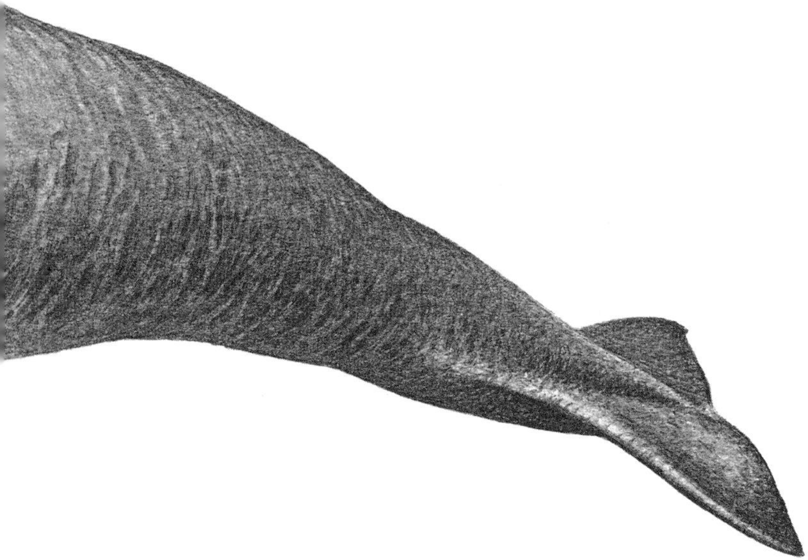

之一。」

艾莉卡一臉嚴肅地點點頭。她理解了。她的雙親是什麼職業?從前只要看一眼班級紀錄簿就夠了。知識分子、職員、工人、農夫。管理勞工的高級雇員。知識分子的傳教士。

愛倫舉起手。

「請說。」

「他們對大海牛做了什麼?」她明顯嗅到同樣遭受苦難的同伴了。

「吃掉牠們。味道應該和牛肉一樣。」牛就是牛。

不過,現在回到仍活著的生物。

「好,哪些物種又受到滅絕的威脅呢?」

五隻手舉向空中。

「別把貓熊、無尾熊或鯨魚算進去。」

手臂一隻接一隻放下。他們的動物保護只針對填充玩具。斑比效應(2)。絨毛玩具工業的吉祥物。「例如我們本地的動物?」

手足無措,不知如何是好。

「在德國，小烏鴉大概只剩一百對。有些農夫甚至得到補助休耕，小烏鴉才比較容易捕捉獵物。牠們主要以蜥蜴和鳴鳥為食。一次下兩個蛋，但是最後只有一隻雛鴉能存活。」正中下懷。他們終於豎耳傾聽。「先孵化的雛鴉會殺死之後破殼而出的手足。前者連續好幾天不斷攻啄後者，至死方休。死鴉屍體最後被父母吃掉。這就是與生俱來的『該隱主義』(3)。」她望了第一排一眼。牧師兒子動也不動。他已經失去孩童幼稚的想像力？要存活，需要的不單是聖經故事中在挪亞方舟上漫步的一對對動物。好，再說一次。

「手足殺死自己的手足。」

驚愕得闃靜無聲。

「這並不殘酷，完全合乎自然。」這種幼鳥間的殺戮行為甚至屬於培養接班人的一環。現在他們又全都清醒了。謀殺與殺人。

「為什麼牠們要下兩顆蛋呢？」是保羅。他似乎真的想知道。

「喏，為了備用啊。」簡單明瞭。

「父母呢？」泰貝雅瞪大了眼睛。

「冷眼旁觀。」

下課的訊號聲響起。他們才剛進入第一課。

結語下得不錯。切中要點。沒有說明清楚，只是留下議論紛紛的嘈雜聲。下課鐘仍是壞的。放假前，她去找了卡寇夫斯基。那是她第一次到他自己設在老舊暖氣室裡的辦公室。牆壁上貼滿了動物海報，辦公桌整理得過分井然有序。雖然暖氣供應多年前早就改成中央空調，空氣中依舊飄蕩木炭的氣味。她請他清除十三年級生在畢業前最後一次惡作劇塞進下課鐘的厚紙板。他好整以暇，往後靠在磨損的辦公椅背上，胡謅著報復行動之類的廢話。畢業生報復青春被浪費。對他而言，這非常嚴肅。他的語氣像卡特納。有面牆上貼著許多大自然風景照，其中攙雜一張袒胸露背的女子照片。眾多裸體動物中的一員。管理員就是管理員。不過他確實有道理。新的教學計畫永遠反反覆覆。有邦議會的決議，還有文化部。當然，教材十二年後也能完成。去掉累贅無用之物的話，甚至十年後就可以了。例如那整個沒用的藝術品。儘管如此，他還是可以修理下課鐘。

學生們將書塞進書包裡，瞄準教室門口。英格卻故意拖延時間。第一堂課開始，就必須確立地位關係。

「起立。」

大家照她的話做。她要求學生在上課開始和結束時都要起立。這是一種經過時間驗證的訊號，能強化鳴鐘效果。她的教學方式由一連串在教職生涯中發展出來且日臻成熟的措施組成。經驗早晚會取代一切知識。唯有實際運用之後留存下來的，才是真正有用之物。

「星期四之前……」她深吸口氣，特意再延長一點時間，「請完成第五項與第六項作業。」

故意停頓。

「現在可以下課了。」口氣寬容，宛如施恩。也應當如此。學生馬上奪門而出。

英格打開窗戶，終於有了新鮮空氣。樹葉簌簌作響。空氣中瀰漫篝火的味道，有人在燒葉子。深呼吸。心曠神怡。有秋天的氣息。

就在以為一切不會再改變、將一成不變地繼續時，另一個季節轉眼降臨了。萬物的自然過程。記憶湧上心頭。去年發生了什麼事？卡特納的宣告。同事們舉足無措。他們究竟在想什麼？最後一刻還搬來一個迂腐的大家族？一定是摩門教徒。他們近親通婚生下的孩子反正不會來上文理中學。那麼前一年呢？第一批鴕鳥。沃夫崗給九隻動物綁上彩色鬆緊帶，以便區分。九隻綁著彩色吊襪帶的鴕鳥在草地上奔來跑去，在鄰里間造成話題，每天都有好奇的人上門打量。八隻母的，一隻公的。後來，數量逐漸增多到三十二隻，差不多一個班級的學生人數。至少以前是如此。

她關上教室的門。

「請再高一點。」

碰巧就是這麼倒楣。史旺涅克和兩個十一年級的學生在走廊上。兩個男同學將一個畫框按在牆壁上。史旺涅克踮起腳尖站在一排窗戶前，揮動著手發號施令。牛仔褲上方穿著一件短身上衣。哈我一口吧，我就是春天。

「是的，這樣很好。」她張開手指比著。

「啊，洛馬克女士。」史旺涅克故作開心狀。「我想說可以美化一下走廊。這個學年就從印象派開始……」

牆上確實橫掛著一幅畫面糊潤的拙劣作品。

「所以我認為……莫內的睡蓮很適合您的水母。」她拍拍手。「我認為您的水母需要同伴。」

簡直令人難以置信。她竟敢在距離壯麗華偉的水母三個手掌寬度的牆壁，釘上她的水生植物。藝術教室在同一層樓。學生把拙劣咖啡般的髒水滴在走廊上，已經夠糟了。到目前為止，她一直謹守界線。卡蘿拉．史旺涅克的牆壁在廁所那邊，英格．洛馬克的在這邊。這實在欺人太甚。但是，真要因為幾幅醜陋畫作，在開學第一天引燃戰火嗎？保持冷靜。聰明的動物懂得等待。

「是海克爾(4)的水母，親愛的同事。一直都是海克爾的水母。」

「那和印象有關，印象派的名稱正是由此而來，也就是Impression，非常、非常直接明瞭。」史旺涅克情緒變得亢奮。兩個十一年級生站在一旁愣頭愣腦點著頭，沒勇氣溜去休息。一切只不過因為他們可以直呼她的名字卡蘿拉。

無恥越過界線的橫幅畫作閃爍著神祕陰森，腐朽的色彩上黴斑點點。萬物著根於污泥之中，池塘之底，一攤死水的池底。腐膩的甜味和霉味。時髦流行來來往往。自然之美無須特地「異離化」（Verfremdung），只需精確細膩親近之。

海克爾的水母多麼精緻清晰、多麼果決壯麗啊：底下的圖片是有波浪狀淡紫色暈輪的囊水母（Taschenqualle），八角形口腕宛如花萼；占據中央的是紫色漏斗狀的盤水母（Scheibenqualle），飄垂的觸毛彷彿裙子褶邊，四周圍繞著用星星裝飾得晶亮的微小姊妹；

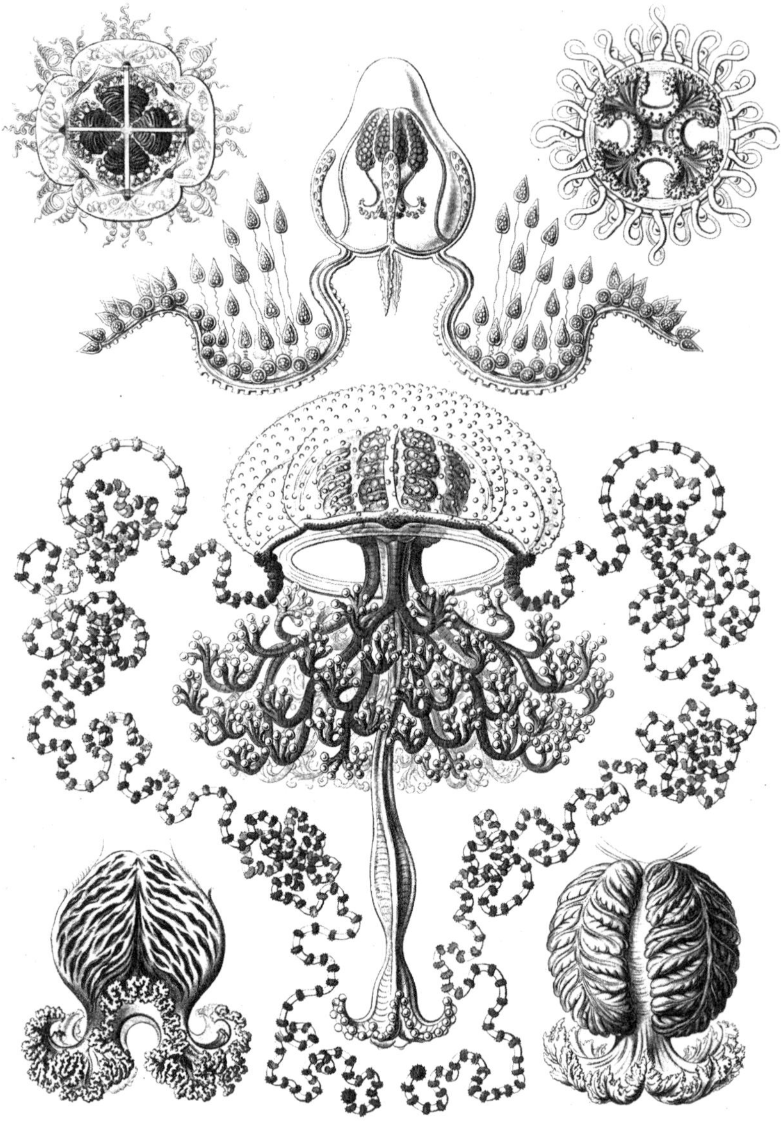

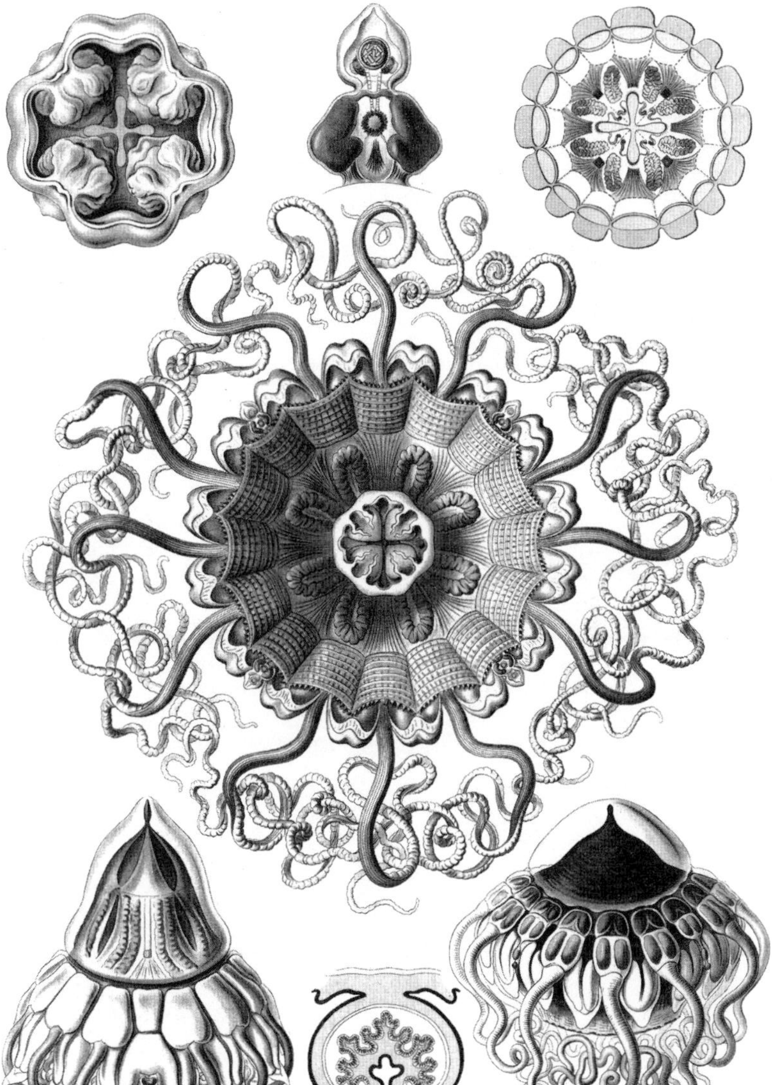

最右邊則是玻璃般晶麗的花水母（Blumenqualle），滿是小疣的傘狀體，長出一雙幾近對稱的觸手，如同大幅伸展的彩帶，上面覆滿紅色蕁麻似的紐結，宛如鑲滿了珠子。背景有兩個剖面圖。一個帶有閃耀著林布蘭鬱金香紅白色的羽瓣，另一個看起來就像白種人的大腦。

圖片是她從水母集冊中拿出來的，那是一本在學校檔案室中找到的冷門書籍。檔案室是個好地方。地下室中的一個洞穴，過期壁報、裱上玻璃框的肖像、簡單裱框的圖片，以及用木架撐開的麻布複製畫等，全被流放至此。有臉頰如孩童般紅通通的動物園傢伙、波羅的海海灘上的年輕情侶、被陽光曬得褪色的向日葵。牆壁上曾經赤裸無遮。一直到卡寇夫斯基幫她把水母框進銀色盒子為止。每日觀之，心曠神怡。一開始是水母，後來慢慢加入其他物品。水母的完美是無法企及的，沒有一種兩面動物如此美麗。沒有任何事物能超越放射式對稱。

現在夠了。

「水母生活在海水裡，但是睡蓮生長在淡水中。祝妳有美好的一天，史旺涅克女士。」

和一個無法領略貨真價實之美、無法瞭解真正偉大之處的人爭論，徒勞無益罷了。

下課時間，低年級生聚集在校園中。十二年級生最近享有特權，可以待在教室裡不出來。英格．洛馬克不贊成這麼做。畢竟新鮮空氣和陽光對各年齡層的生物體皆大有益處。能量得以進行轉換。因此在鑲嵌著起重機、火箭和馬賽克的牆壁底下，只見十年級生圍在一個垃圾桶旁邊。看見他們試圖藏匿菸蒂的笨拙舉動，她覺得熟悉又感動，應該採取必要措施的渴望也隨之消失。他們甚至彬彬有禮地打招呼。反正負責監督學生行為的是老菸槍班卜格，現在卻不見她人影。或許學年一開始，她又請病假了。未雨綢繆。

主樓是一棟兩層樓的建築，建造於七〇年代。從上方俯瞰，像個歪斜扭曲的Hs，從最近掛在祕書處的衛星圖可一目瞭然。主樓下層是一長排專科教室，像個大型的I，被移位的闌尾。沙質土地上的兩個黑灰色字母。建築材料拙劣低等。屋簷排水管後面有裂痕，牆面始終濕漉漉的。幾條光禿狹長的路面，被拿來當作前往磚紅色長方形體育館的小徑。主樓入口旁的牆上，用粗體字寫著：「達爾文已消失！」

沒有一事一物能讓人想起莉蘿．赫曼（Lilo Herrmann）。當時他們做了該做的一切，想一起清除掉老舊的名字和夾板上的繪畫。這間所謂的中學即將更改校名，校區位於民族情誼廣場（Platz der Völkerfreundschaft）和威廉–皮耶克街（Wilhelm-Pieck-Straße）上。莉蘿．

赫曼已經過世，永遠被遺忘了。再過四年，這裡也將結束。她也一樣。洛馬克不存絲毫妄想。找個地方重新開始？不會是她。老樹沒人要種植。她是個女人，不是老樹——也不是男人。卡特納又生了一個孩子。據聞如此。和以前的一個學生，畢業考之後沒多久的事。沒有法律上的問題。或許根本無關痛癢。反正也無所謂。正值顛峰之年的男人，年紀和她一樣。這個老傢伙。她很有可能活到八十歲、九十歲。從統計學上來看，機率甚至非常大。在每年人口統計報告上的年齡金字塔圖表中，她位於出生率衰退和警告人口老化嚴重的粉紅色女性位置：不管人口統計圖是從形如冷杉的金字塔形到像蜂房一般的鐘形，或是從蜂房般的鐘形到像骨灰甕的甕形。所有一切最後全往上移動到墓穴。和平時期的欲望和求愛。戰爭停歇期和生育率驟降期(5)。露出你們的腳來(6)。八十歲、九十歲的預估壽命，正是我們對壽命的期待。不過，最終仍有眾多的期待剩餘下來。在這樣的時間中，她應該做什麼？等待和喝茶？何不呢？等待和喝茶。她一定不會感到無聊。她從來不會覺得無聊。但是，重新嘗試新事物？該做什麼？什麼新事物？所以才說是老樹。五十五圈輪紋，寬度殊異，早材和晚材。變化多端的生長條件。皺紋取代了木材紋理。沒有一年和另外一年相同。但是，萬物皆有終期。搬家，完全不在考慮範圍內。不可能和沃夫崗與那群鴕鳥一起搬家。

鴕鳥如今終於孵蛋了。最好是克勞蒂亞再回到這兒來。她離家夠久了，到國外經歷生活已屆十二年，足足有半個永恆。她也不再年輕，應該可以慢慢開始過正常生活了，例如蓋棟房子。鴕鳥園旁邊還有空地，土地遼闊，屯墾區草地盡收眼底。她應該每天來看她，一起在露台上喝杯咖啡，眺望無垠的草地。克勞蒂亞喝咖啡嗎？她該是回家的時候了。

教師休息室裡，帝勒和麥哈德正埋頭吃便當，滿嘴食物地向她打招呼。代課老師表旁邊掛著莉蘿戴上眼鏡的照片。勇敢的女人，擁護共產主義的化學家，只要認為事情正確，赴湯蹈火也在所不惜的烈士。還有一張從報紙上剪下來的文章，上面有張照片，照片裡一個笑得傻里傻氣的孩子，正在黑板上寫下這座義大利城市的名字。一旁是本地民眾大學(7)的課程表，鳩居鵲巢者：建立基本生活的前提、紙藝創作和退休者的深入對談。給臨終者的職能治療。

卡特納走進教師休息室，和大家打過招呼後，研讀起代課老師表。木板上插了許多彩色小三角旗。錯亂的系統，為此他每個星期都得少掉兩堂課。

「欸，英格，妳打算教什麼？家用生物學？」他在代課老師表上調動了幾堂課。「或

者是採集蘑菇？還是防治果園害蟲？」

「你好啊，卡特納。」他想必在講與民眾大學有關的笑話。她不會這麼容易就被套出話來。是的，她可以留下來。本地民眾大學將接收這棟建築，已經有幾個班級進駐最底下的一層。但不是由她教授，應該由別人來做。自然科學不適合當作嗜好。沒人願意做細胞重建或檸檬酸循環。他們寧願尋找有名的先人，指出星座，或者學習另一種語言。放幻燈片，介紹遠東地區。然後再一次看見世界。但是，世界卻在這裡：森林、原野、河流、沼澤。這些地方提供可觀的生存空間讓無數物種棲身，其中一些物種被環保部列為保護對象，有些相當罕見，甚至做成標本個別保留。時而也會出現新物種，不受歡迎的客人，非法移民。如來自西伯利亞的貉。牠們是雜食動物、食屍動物，長相類似浣熊，會奪占獾和狐狸的巢穴。也會帶入疾病，而且基於牠們生態上的利基，排擠本地物種。貉的複製數量相當驚人，因為雙親都會盡心照顧後代。

牠們生生不息，大量繁衍。牠們的同類卻非如此，反而覺得此處似已糧盡食絕，未來的開展在他方，在易北河的另一邊、國界的另一邊、洲的另一邊。大家全神貫注要抓住某一現實的頂端，卻不想在此處看見這個現實。彷彿這個地方沒有生命似的。然而四海皆有生命，即便是蕭條的雨林亦然。

歸根究柢，罪魁禍首終歸是天氣。她女兒留在那邊，也是天氣的錯。她曾經說過：**一旦習慣了燦爛陽光，中歐便讓人覺得掃興**。中歐。聽聽看那語氣。更換地點，改變環境。氣候，被高估了。他們又沒有肺結核。

大家都離開了。他們什麼也不懂。想要瞭解世界，終究得從家庭開始，從家鄉這兒。我們的家鄉，從阿康納海角（Kap Arkona）到菲希特堡（Fichtelberg）。逃離，不算什麼本領。她總是讓給別人去做。曾有片刻，她也起過這個念頭。不過那已是八百年前的事了。她留了下來。自由，被高估了。世界已被發現，大部分的物種都已確定。儘管安心地待在家中。

「不，洛馬克一定會到美國找她女兒。坐在陽台搖椅上，看著孫子們嬉戲。」卡特納仍舊擺弄著代課老師表。

不錯的嘗試。

她走到帝勒和麥哈德旁邊，他們挪出個空位讓她坐下。話說回來，麥哈德的適應能力之快速，著實令人訝異。一個有著母親身軀的年輕男士。數學實習老師。皮帶往上拉高一個手掌。傻呼呼的樂觀主義者，臉頰紅潤。嘴唇上方有些鬍毛，還不足以成為鬍子。淺色襯衫全部嚴實扣好，底下兩個乳頭激凸。男性學（andrology）的一個案例。他身上有些部分未發育完全，永遠不會改善。

反觀帝勒卻有著鮮明的輪廓，臉型狹長，稜角分明，嘴角四周有皺紋。攙雜著銀絲的頭髮往後梳，像列寧的鬍子雖然稀稀落落，整體仍給人保養得宜的印象。就如許多共產黨人，他看起來也散發著貴族氣息。始終憂愁滿面，卻又堅定果決，沉著地等候他房子的塌毀。大部分時候，他總蜷縮在他的小房間裡。那裡原本是存放掛架和教具的雜物間，後來被他占用當辦公室。他的共產黨政治局。他抽進口的小雪茄，終日引頸翹望世界革命(8)。他不斷發出聲音，腸胃因蠕動而咕嚕作響。焦慮啃噬著他，瘦削的身形是一切憂愁的放大器。

「這是一場黑死病。」典型的帝勒言論。在他滿嘴世界觀的鬍子底下，時不時如此叨念著。

「怎麼回事？」麥哈德滿頭霧水。

「現代的黑死病。」帝勒瞪著桌面說。心思紊亂的可憐老傢伙。

「七十個女人對一百個男人。」他抬眼往上看。

「懂了嗎？她們可以挑選最好的。」

他妻子離開了他。兩德未統一前，她就先逃到了西德。他現在卻表現得彷彿自己是人口轉變過程中的犧牲者。剩下的三十個男人之一，沒有多餘的女子可與其配對。被判定為單身漢。多數時候以罐頭為食，瀕臨墮落破敗的邊緣，被迫要自己將髒衣服塞進洗衣機裡。

「剩下的人可以當同志。」又是卡特納，臉上綻放燦爛的笑容。放假似乎讓他有點疲累。平頭下方的那張臉，她從來沒法兒好好記住。他捲起袖子，露出醒目的棕色手腕。卡特納，多才多藝，耐力持久，是變溫生物。沒人想幹校長這份工作，而他起了憐憫之心。多年來，本應教導他們民主思潮的社會老師，卻成了團體中的最高權力者；從代理校長變成興致勃勃的實行者，只要店不倒，就會永遠經營下去。他領導學校已經十五年，甚至似乎玩出興頭，百般設法讓學校直接達陣得分。他堅持那樣做，對每個人來說都是一個機會。對他而言，或許更是如此。他的冒險遊樂場。卡特納總是留一手，兩種B計畫。一間小屋，一段離婚收場的婚姻，兩個不成材的孩子。如果謠傳屬實，那麼應該是三個。雖被拘束了，但是沒有一個孩子是在悲哀中誕生的。基本上，不管誰來經營都無所謂，最後一位須熄燈關門便是。

「三分之一死於這場黑死病，一千五百六十五人。這就是新型瘟疫。」彷彿事關重大似的。不過，對帝勒來說，永遠是個課題。

「帝勒，你真的可以教授地方歷史。」他不應該這麼不安。她撫摸他斑點密布的手，像皮革一樣柔軟。

「百分之三十，都可以贏得大選了。」說話的是麥哈德，意圖轉移話題。

「是啊。」卡特納摩挲雙手。一眼就可看出他談話的興致又來了。「這兒是一所即將拆除的學校。但是，我們不是要經營到結束，而是讓學校未來能持續發展。」不容忽視的是：死亡也是生命的一部分。「垂死的景色並非那麼新穎、那麼戲劇化而罕見的事。其他地方也有學校關門，即使在西邊也一樣。像是魯爾區（Ruhrgebiet）。下薩克森邦（Niedersachsen）有一半是空的。這是種普遍的發展。沒聽過農村勞動力外流嗎？」他以為他們需要來點知識輔導。「對東邊來說，甚至是件好事。這裡至少還會投入建設資金，全新的道路、高速公路……」

「他們算過了，高速公路一點也不划算，因為車流量太少。」麥哈德顯然也會讀報。

「是的，大家不會往這邊來，而是駛離。他們應該建造單行道才是。」終點站：西波美拉尼亞。一處被分配的生存空間。

「真是瘋了。」帝勒咳了一聲，用力挺直背脊。「以前的人若是必須離鄉背井，那是一種懲罰。最悽慘的事莫過於流放。」他眼睛一抬。「但是，今日離開的卻是贏家。」

卡特納咬了一口紅蘿蔔，好整以暇向後靠著。「那些馬坦斯家的人若是聰明一點，我們就能擺脫困境了。」

「馬坦斯？」麥哈德一臉愚蠢透頂。

「就像兔子……」卡特納將紅蘿蔔塞進拳頭裡。「不過，那一點也不可惜。只要還有三個這樣的家庭，我們或許就能得到救贖，就有班級教到退休。不，不是！誰參加畢業考，就會變得性冷感。」

「您要說的應該是沒有生育能力。」麥哈德也有教師職業病了。糾正狂。

「啊，反正都一樣。」

「吶，你付出所有心血，想讓這兒維持下去，就該早點開始才對。」

一針見血。卡特納的身體又往前傾。逞凶好鬥。

「聽清楚了，洛馬克，我們大家必須接受評鑑。我們都有課堂旁聽審查，不是只有妳。」

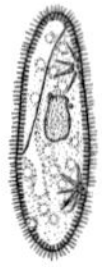

他又來了。侵入者已然消失，現在換自以為聰明者上場，他將一張椅子放到角落，想要扮演小老鼠，來個暗地裡窺看偷聽，正如同上一位旁聽審查者面露親切微笑所表達的。那是個教育局來的討厭鬼，下巴蓄著鬍子。不過，小老鼠曾經也是隻成鼠，勇於批判她的課程。**洛馬克女士以講授法授課**，報告裡這麼寫道。是啊，不然呢？自以為博學多聞的人！和史旺涅克一樣弄個討論會嗎？例如小組作業？孩子們只會寫出一堆蠢話。只在顯微鏡底下觀察鼻屎，而不是洋蔥皮。把發臭的乾草浸液倒入馬桶時，還會悼念起草履蟲。反正他們到頭來也只會全部抄馬尾頭的報告。

後來，她被建議課程應該更貼近現實。荒誕愚蠢！生物學本來就貼近現實。這是生命的學科，一門合乎生命法則、表現形態及其時空範疇的課程。是一門觀察的科學，需要投入所有感官。典型的問題卻在於：先是禁止解剖課殺害動物，接著又要求貼近現實！

如今任何事情都不准做。絕對不可拿動物做實驗。動物究竟哪來的痛苦折磨？牠們早就死了！是學術對象，是研究目標，是實驗。用紅外線孵化受精卵，打開蛋，為了觀察心臟病。然後結束。證據於焉產生。非洲瓜蟾（Apothekerfrosch）能辨識出妊娠期，將產婦尿液注入雌蛙體內，會促使其產卵。培養皿中的血小板。鋸開的青蛙腿所產生的抽搐。用銀絲和鐵絲挑動青蛙肌肉，兩種在起電次序上相距遙遠的金屬，一種貴金屬，另一種不是。證據於焉產生。神經路徑是傳導系統，一種迴路，化學能轉變成電能。大自然透過實驗說話。但是不行：現在只准剖開死魚的肚子。可是鯡魚很快就發臭，鱒魚價格昂貴。至少牛眼還在許可範圍內，但有鑑於狂牛症，建議最好使用豬眼。她真愛水晶體掉到攤開的報紙上、將文章中某個字放大的時刻。這時，全場終於鴉雀無聲。孩子們忘記作嘔欲吐，凝神肅穆，驚奇地注視著視網膜的乳白色光。這樣做，當然是為了幫助瞭解。但是她無法每天端出抓握反射、已無再生能力的蚯蚓，或是俄羅斯生理學家巴甫洛夫（Pawlow）的唾液狗。自然博物館有立體標本收藏。濕標本，發出螢光的骨頭，閃爍的按鈕。沒有什麼能超越講授法。她的課教得很好，學生也很優秀。當然，有幾個學生怕她，而且她時不時會突然來個抽考，不過這種事早就傳開了，學生會事先做好準備。她的教學內容始終由她自己決定。至於教學計畫則是螺旋式課程，由淺入深，一再圍繞主題延展，概念結構逐漸複雜、深廣，就像一座慢慢旋緊的台鉗一樣。重要的是成績。而她的學生表現傑出，高於全邦平均分數。一直以來皆是如此。沒錯，她運氣好，教的是生物和體育，探尋生命的蹤跡。自然科學不需要重新改寫，與看法和思考無關，而是觀察與探究、確認與解釋！假設、歸納、演繹。自然法則是跨越國際的。帝勒和班卜格必須啃齧吸收新的數據和資料。可是，生物學是事實，生物課是報告事實，傳遞經過確認的知識，不會因為轉向其他的政治系統，便失效作廢。世界只任由自己描述和解釋。她所依循的法則，擁有不受限制的效用，沒有需要投票表決之事。這才是真正的專制！

「麥哈德，您知道怎麼辨認馬坦斯家的小孩嗎？」卡特納彎身向前。「從咬壞的臉。」他手往臉頰一抹，顯然樂在其中。

「啊，別再說這些令人膽寒的無稽之談了。」但是他欲罷不能，何況那距離他相當久遠。歷史的寄生蟲。

「他們當時想在農莊蓋間廁所，於是在地下室安裝了一條管子。後來事情辦好了，廁所建蓋完畢，結果老鼠來了。一開始只在地下室出沒，後來沿著樓梯爬上來，溜進兒童房，裡頭有一大堆孩子……」

繁殖後代的策略各色多樣。K策略（K-Strategy）在數量稀少的後代上投注許多時間與精力；R策略（R-Strategy）則不太照顧數量龐大的後代。非常簡單的計算：質與量的對立。目標是提高生存機會。就像賭博一樣：要不孤注一擲，要不就是分散押注。即使馬坦斯家的小孩當中真有兩個人擁有胎記一般的醜陋疤痕，他們總還是活著。「至少特殊學校的同事還有幾年工作可做。」

卡特納嘆口氣。這是他想引起她信任的方式。警告和偽裝。

「各位同事，你們知道嗎？只要類似的學科仍共用一張桌子……」現在改用兄弟策略了。集體共同淋浴，袒裎相見。「人只為己。窗邊是咯咯講不停的藝術—德文女老師們，憂愁滿面的地理老師和歷史老師在更前面，還有渾身臭味的體育老師，擺放獎盃的玻璃櫃前方是高貴的數學—物理小組。」他指向各色獎盃，然後頓住。了不起的表演。「我們可以再把這些清潔一番，洛馬克。」

「是的，我們可以。」彷彿她在放假前沒和他談過這事似的。

「好的。現在請你們看看四周！空無一物。只有兩張桌子。這兒是自然科學，那兒是人文科學；這兒是數據，那兒是虛構；這兒是真實，那兒是詮釋。」鼓聲震天，號角價響。「這所學校沒有死，我們重視的是最基礎的知識！」他往桌上一敲，額頭皺出條條皺紋。了不起。他也許對自己所說的話深信不疑。「但是，我們太少交談了。」他們是在一所學校，又不是在黨代表大會上。「這是罕見的好機會。」他幾乎沒完沒了。就像在週會上討論原則時，他總愛挑起爭端，再把那大肆推銷成民主進修。每個人都必須發表意見。所有人說的話都有理。和平、喜樂、胎盤。一切都相互矛盾，而沒有一件事能產生意義。

沒有人敵得過真理：經得起實證、檢驗的唯一真理的存在。尤其是這些因為恐懼真實生活而留在學校，關起教室的門，對著未發育完全的青少年自我吹噓的男人。永恆留級生的炫耀行為。人應該接受世界本來的面貌，而不是我們希望的面貌。

「我向你們保證：我們將會具有競爭能力，讓學校持續發展。我們共同奮鬥，和學生一起努力。我們需要更加投入，即使在課堂外也一樣。因此，我決定每週和大家談話，激勵士氣，促進團結。一場攸關未來的談話。你們意下如何？這是某種形式的呼籲，你們應該很熟悉。」

這個人完全精神失常了。現在竟還加上口號和年度教學目標。要提振學生心靈，鍛鍊學生心智。這位重建者想要傳教布道，辨安魂彌撒，搞一大套節目。

「你若真的打算每週舉行，很容易就沒什麼新鮮事了。大家很快會厭煩。」這招以前往往有用。

「洛馬克，妳說得對。一個月一次好了，就在星期一。不行！週間比較理想。就星期三！放學後。每個月的第一個星期三。我們就此決定。」他似乎非常滿意。開心地指向眼鏡肖像，笑問：

「再說看看莉蘿．赫曼是誰呢？」

「一名德國法西斯勞工。」帝勒的回答枯燥乏味，眼皮抬也沒抬。這應該是一位女學生考試時回答的話——二十多年前的考試。不是特意挑釁，純粹出於愚蠢。帝勒最有意思的笑話莫過於此，卡特納很樂意讓他發揮。帝勒應該戒除對地方奇聞軼事的愛好。他私下還會抱怨，事件發生時自己不在場。別人若是認為他出身當地，會令他十分引以為傲。

卡特納拍拍帝勒。

「同志，我們必須談談你那間政治局。這樣子下去不行。」

帝勒緘默不語。卡特納最後放過他。他走到門邊後，又再次轉過頭。

「還有一件事：『運動，開始！』(9)去接受新鮮空氣的薰陶吧，同事們！」語畢，敬個禮後，隨即消失蹤影。這所學校實在宛如沉沒中的船隻，舵槳早已顯得多餘。人人只為自己的履歷奮鬥。除了將意義歸咎於事件隨機且不可避免的順序之外，還有什麼其他選擇？婚姻、第一個孩子無可阻擋的出生、然後免不了第二個孩子也跟著呱呱落地。帝勒是個健壯精實的北美印第安人，甚至讓他妻子生了第三個。共產黨人通常生三個，牧師四個或五個，反社會人士則是六個以上。沒人確切知道馬坦斯家有幾個孩子。她曾經問過一個馬坦斯家的孩子，當年特殊學校的學生還同搭一班公車進城。那孩子答應回家詢問一下。後來見面時，他用手指數了數家中的小孩。他需要三隻手才數得完，一共有十三人。至少當時如此。若是算上兩個姊姊的嬰兒，就有十五人。和管風琴一樣。十三。這個數目比她現在課堂上的學生還多。

她只有一個孩子，唯一的獨生女。克勞蒂亞離家遙遠，根本也不能算數。她應該是個K策略者。出生率始終低迷的話，將面臨絕種的危險。生了一個如今置身地球另一端的孩子，又有什麼用呢？一個和她相隔整整九個鐘頭時差的孩子，這時間都比半天還長了？一個的時間永遠比另一個早。已經記不清楚誰比誰先了。彼此要分享時刻是不可能的事情。馬坦斯家的孩子之中就算有一個墮落敗壞，他們的備胎也很充足。但是，一個孩子。有也彷彿沒有一樣。

她位於體育館的辦公室，一切物品仍和放假前一樣原封不動。桌子上躺著哨子和碼錶。

窗簾依舊拉得緊緊的。光線昏黃得舒服。

忽然間，她感到疲累不堪，坐了下來，只坐了一會兒。頭靠在牆上。洗手台上方的鏡子裡露出一截頭部。額頭。皺紋。髮際，二十多年前，髮色便已轉白。她深呼吸了好幾分鐘。藍灰色的運動服擱在大腿上。雙腿裸露，蒼白無血色，彷彿夏日從未來臨似的。掌心貼著大腿，感覺沁涼。灼熱宛如波浪般湧現，一波又一波向上席捲，直衝腦門，經過眼睛時，閃了一下，接著她全身忽然冒汗。更年期熱潮，明確得宛如教科書的內容，卻沒有一本教科書裡找得到。也就是說，他們沒有學過。人體的第二次變化對他們有所隱瞞。緩緩潛移的衰退。子宮萎縮，停經，陰道乾澀，肌肉枯癟。一切和開花綻放有關。秋天。我的性能。沒錯，是秋天。樹葉沙沙作響。第二春還會從哪兒來呢？荒謬可笑。收成囤倉。收網。感恩節氣氛。期待退休金的喜悅。最後到達峰頂，一切皆止。但是，疲累由何而來？天氣的關係，還是因為第一天上課？

昨晚她醒了過來，應該還不到四點，四下漆黑黝暗。穿堂風吹拂過她的臉龐，一陣又一陣。脈搏瞬間飆到一百八。拍翅聲。難道是隻大蝴蝶？天蛾的話，季節實則太晚。忽然一陣安靜。牠應該停了下來，也或許飛走了。她摸索了好一會兒夜燈開關，燈光終於亮起。

那隻動物倉皇驚慌地在屋裡撲撲亂竄，繞著圈子飛。幻想中的8字形，距離房間天花板約三個掌幅。幽靈列車軌道似的振翅飛行。一隻蝙蝠！迷路的年幼伏翼。聲納系統失靈了，可靠的方向感棄牠而去。牠的嘴巴張著，正在尖叫。但是，沒人聽得見這種尖叫聲。

牠的智商或許足以讓牠從敞開的窗戶飛出去，也能察覺這裡不是穀倉縫隙，不是樹洞，不是變壓箱的破孔，卻無法讓牠鑽過窗縫，飛向外頭世界。牠一定來自某一個窩，剛在夏末時節離開母親的懷抱。每種動物最後終得自力更生，尋找新家。

她關上燈，輕手輕腳走向地下室。為了安全起見，她拿薄被罩住頭。幸好沃夫崗睡得很沉，否則醒來看見她這副模樣，鐵定會嚇一大跳。深夜中梭巡的鬼魅。她走到放有寬口玻璃瓶的櫃子前時，仍可聽見他的鼾聲。

一切發生在迅雷不及掩耳之間。或許這隻動物感覺到她是牠的救主。牠好幾次嚇得逃跑。不過，她再度拿玻璃瓶罩住牠小小的軀體後，牠因為驚嚇過度，變得屈從不敢動彈。牠顫動了一會兒，接著收攏翅膀，直勾勾瞪著眼，看起來彷如死了似的，被製成了標本。濃密的棕色絨毛非常柔軟，小而彎曲的鉤爪，皮革翼尖，精巧的飛翼，凸出的紅色關節，向外伸的拇指的黑色倒鉤，扁平的頭。濕漉發亮的嘴喙，尖小的吸血鬼牙齒，一張受到驚

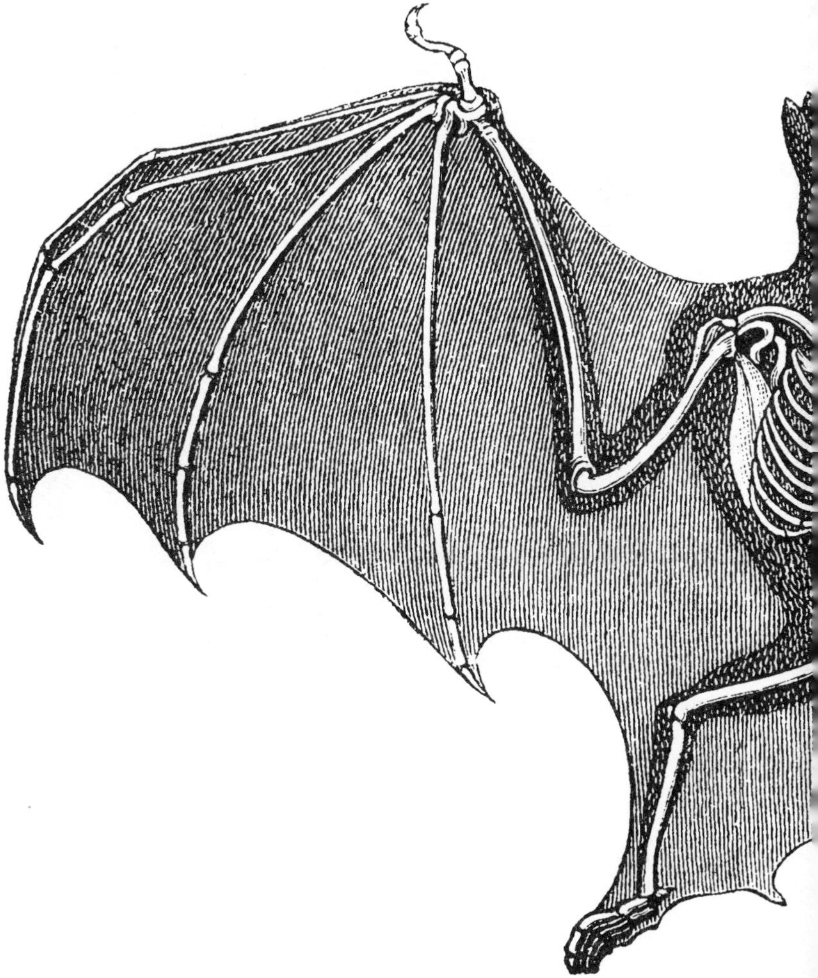

嚇的幼仔的嘴。恐懼發直的雙眼，滿盈的恐懼。蝙蝠與人類的相似性更高於鼠類。同樣的骨骼架構：上臂、橈骨、肘、尺骨、腕關節。漏斗形耳朵裡有同樣的軟骨。在解剖學上相等的生殖器官，胸前一對乳頭，懸吊著的陰莖。一年生一隻或兩隻幼仔，誕生時也幾近完全赤裸。

她短暫思索了一會兒，考慮是否要將蝙蝠帶到課堂，給新班級展示喜愛在人類居住地生存的共居物種。最小型的哺乳動物。但是下一刻，她只想盡快擺脫這隻畜生。她打開窗戶，接著翻開玻璃瓶。蝙蝠慢慢爬了出來，第一步踉蹌一下，然後穩住身子，展開翅膀，消失於黑暗中，約莫往車庫的方向飛去。她迅速關好窗戶，又躺回床上。天際露出魚肚白後，她才又睡去。

女學生們在走廊上嘰嘰喳喳。好了，走吧。她振作精神，吃力地站起來，穿好運動服，走了出去，要她們到校園集合。

「立正！」

隊伍排得像波浪一樣。

「挺胸，縮臀！」

將兩個女孩交換位置後，才將不整齊的隊伍理好。她們依據高矮次序排列。井然有序才是王道。

「運動開始！先做三回暖身，不准偷懶！妳們知道我會隨時緊迫盯人。」

到戶外來，讓人身心舒暢。

「快，動作快！」

女孩們邁開腳跑步，拖著她們年輕卻已遲鈍的身軀跑過校園，消失在主樓後面，朝城牆而去。

實在難以置信，在演化競賽中獲得成功的偏偏是這種人。物競天擇真是瞎了眼。她雖然年紀比這些膽小鬼大上三倍，但是體能狀況更優秀，一定能戰勝她們。她們欠缺基本的專注力，運動機能笨拙遲緩，脂肪晃動不已，根本不會成功。如今沒有一個學生有能力向洛馬克挑戰。若在以前，情況截然不同。榮譽榜始終掛在體育館的入口玄關。她主張這麼做。如此一來，大家才能看見往日的紀錄：泛黃的數字。當年的運動會，釘鞋還是混雜在慢跑鞋中越過邊界走私進來的。紅色跑道上新漆好的白線。擴音機傳出聲音。各就各位。踩上起跑器。就緒。肌肉緊繃。衝。起跑決定一切。金牌、銀牌、銅牌。固定在紅色緞帶上、閃亮硬紙板做的獎牌。她家裡有多少這種東西？滿滿一抽屜。結實精壯的孩子身體，極力向終點線延伸，然後往前撲倒，跌跌撞撞越過終線，就像他們在電視上看過的一樣。當年她曾經訓練出許多縣冠軍，甚至還有一位區冠軍。她始終擅長發掘合適的人才。撐竿跳和體操選手身形必須嬌小，籃球員反而應該高大健壯，像樣的游泳選手要具備展幅大的手臂和巨大的腳掌。這是其一。重要的是，她一眼就能看出誰願意將自己的需求置於嚴格的運動訓練之後，誰又謙卑有禮、嚴守紀律，日後能在比賽中取得勝利。而在此之前，很可能要耗費數年光陰。重點在於，如何將雜亂的愛好導向瞄準目標的軌道上，將天才變成贏家。然而，今日若能讓這些女孩別因月經來潮就請病假，便已值得欣慰了。只有成績才算數，而非潛力。

第一批學生慢慢踱回校園，臉頰通紅。

天空飄起雨來，遲疑不決，悄無聲息。她們臉上立刻露出抗議的表情。沒有商量的餘地。她想起鍛鍊後的收穫，於是要她們向潮濕的沙地衝刺。幾個嬌嬌女抱怨短道上有落葉，彷彿攸關奧運奪金似的。跑道清乾淨後，她們終於跑了起來，卻無精打采，不見耗費一絲一毫的力氣，最後像潮濕的袋子似的砰然摔在沙地上。這就是未來。看不見一點健身狂熱。

這些就是將孕育下一代的母親，至少理論上如此。只因為她們擁有未來的一切，就可如此任性散漫。

距離秋季假期還有八個星期。她轉了好幾次插在鑰匙孔裡的車鑰匙，但車子只沙啞地咕嚕了幾聲。她下車打開引擎蓋，也沒發現什麼明顯的問題。沃夫崗早就認為她需要一輛新車。她不需要。一定是電池出了毛病，發生過好幾次了。而今天是開學的第一天。好吧，只好搭公車。她留下車子，走到站牌。時刻表上有三排數字列。中午、下午、傍晚。一點、四點和六點。接著就沒車了。離一點的車子出發前，還有點時間。她取道小徑，經過體育館後頭的碧綠草坪，往上走到城牆，再從栗子樹下走一段，沿著斷垣殘壁的防禦牆體前行。風化的磚石瑩瑩閃爍，濕潤的地面上，因雨水而膨脹的葉子，向上伸展出羽狀五瓣。水窪裡躺著爆開的多刺果實。蒸發與降水。自然的循環。水流向湖海。

要辨識出城裡的房子還有哪幾棟住人，並非易事。每棟房子都眺望綠地，面對牆垣，面向護城河，一條發臭的無名水流。成排屋舍間露出空隙。十九世紀工業繁榮時期建蓋的房子上畫滿塗鴉，位於半抹著灰泥的房屋立面旁。窗孔牢牢釘著木屑板。一道防火牆上留著被拆的房子痕跡。裂痕斑斑，剝落灰泥上的紋理脈絡。牆壁上寫滿標語：財富均分。打倒西德佬。外國人滾出去。

只有古早前的哥德式磚瓦大門抵擋住衰敗。那道門同樣也免於三十年戰爭的摧殘。不過，這裡不會再出現戰爭了。已經投降了。霍高街（Hohen Straße）上，迎面走來一位婦人，年紀比她大，腹腫如球，臉色蠟白，菸黃的頭髮綰成髻，腋下夾著超大的正方形信封，裝著X光片。她屬於那種因為恐懼上醫院，才會更換貼身衣物的人。或許是一場事故。天有不測風雲，尤其是她這種年紀。她目光敏銳，幾近專橫，拒人於千里之外。沒有表情，眼神如小烏鶇。就算她們兩人是地球上最後的人類，洛馬克也不會和她打招呼。別人的苦難與她何干？老婦人應該到別處尋求慰藉。

市府前的廣場照常有一些下班後飲酒作樂的人。不把最後一絲理智喝掉絕不罷休。其中一人站在一小塊草坪上，對著灌木叢撒尿。老掉牙的孩童把戲：我不看你，你就看不見我。尿束的射程順暢無礙地進入她的視野。懸吊的陰莖，特權中的特權。全神貫注進行此種隨意散漫的勾當，實在讓人印象深刻。寡廉鮮恥的理所當然。像動物一樣不受控制。較大的生殖器補償了消失的尾巴。男人無法像狗一樣舔自己的生殖器，一定覺得很悲傷。但他們至少能用雙手握住。性別的不平等。缺少了第二條X染色體，這一點無從補償。那人不顧旁人目光，自顧自地仔細扣好褲子，然後搖搖晃晃走回他的酒瓶旁。他不屬於那種工作時間不喝酒、但下班時間卻酒不離身的δ型嗜酒者，比較像偶爾喝得酩酊大醉的酒鬼。希望，最後終於死去。

除此之外，這座城市半睡半醒。或者應該說，還留在這裡的一切，陷入了城市的午睡當中，安靜、不真實，像被人類拋棄了似的。從前，曾有人警告人口過剩的危險。從那時至今，地球上想必增加了幾十億人。只不過這裡完全察覺不到。

就像他們在一個特別炎熱的加州夏日，正午烈陽當空時參觀過的莫哈維（Mojave）沙漠中的鬼城。他們甚至付了入場費。那是她和沃夫崗唯一一次到那邊看克勞蒂亞。距今鐵定有十年了。當時她還信誓旦旦說，只要再完成一個課程，很快就會回國，在那之前，希望讓父母看看她最後一年生活的地方。他們真的相信她了。他們所有人。

入口大門旁掛著顯示居民人數的板子。從建立初期一直到結束，從幾百人到不剩半個。小得不能再小的博物館裡有個搪瓷臉盆，保存得彷彿梅塞爾坑(10)挖掘出來的出土文物。傳單上以愚蠢的爛德文記載著過去城市居民的生平，文句破碎不連貫，難以理解。歐洲人跟著遷徙隊伍來到這裡，或者單獨前來。他們懷抱找到幾塊貴重金屬的希望，離開家鄉，在其他人曾找到金、銀、銅或硼砂的礦坑裡賣命工作。最危險的事情，莫過於離開生於斯、長於斯的生活空間。人類毫不畏懼沙漠！耐受曲線確實驚人，幾乎無處不可生存，還被迫一再地證明他們辦得到。賣弄生物潛能。螞蟻需要數以千計的種類才能移居全世界，人類卻只要少數幾個異類就可以。

克勞蒂亞的學校，位置有點偏僻。一棟小型木桁架房舍，在一次祝融肆虐後，出於無法解釋的理由，只以先前一半的規模重建。內部像過大的娃娃屋。板子上方是世界地圖。正中央是美國。歐亞大陸分成兩半，被擠到邊緣，一部分在左，一部分在右。格陵蘭龐大無比，一座大如非洲的白色大陸。牆壁上掛著一長串女性教師規範：不准抽菸、不可吃蛋、至少穿兩條襯裙。她又走了出去，走進明亮之中，看見供應這座沙漠城市所需電力的備用發電機。放眼望去，到處是紀念品小鋪和珠寶店。即使以前繫馬用的木樁依舊存在，即使在這座鬼城後面，仍有老舊銀礦的坑口像老鼠洞般侵蝕著多石荒地，她怎麼也無法想像這裡真有人居住過，他們的遺骸如今埋在墓園的卵石堆底下。一切應該只是模型，一座位於塵煙漫天的多石荒地上的農村模型，四周圍繞著山脈布景。而她還為此花了錢。不，歷史真的不是她的專業，而博物學在此似乎一點也派不上用場。沙漠在地質學上或許很有意思，對少數動物和植物來說也是重要棲地。然而，極度缺乏葉綠體卻讓人深受困擾。

而她眼前這座城市，同樣也無法從人口波動中復原。以後也不會有人付錢來參觀。在西波美拉尼亞這遙遠的大後方，能拿來說嘴的只有地方政府所在地。狹小的河流，有個裝卸金屬廢料和散裝原料的港口，還有一間糖廠和一家博物館。廣場變成了停車場。一、兩條歷史街道。一處沒有塔樓的教堂，是磚砌哥德式建築風格的殘跡。市中心充斥著新建築，七〇年代的住宅建築風格，構造極為簡單，沒有磚瓦風味，水洗石裡也沒有卵石。才剛全面翻修完畢，但如今大部分是空屋。新建的高速公路就在門前，只有三十分鐘的距離。在三十公里遠處，一個大轉彎，她就能前往西邊。不過話說回來，這裡至少有東西生長：購物長廊前有一大堆三色堇。紫色大軍，職能治療者的最新美化措施。常春藤攀緣在裝飾俗麗的新建築陽台上。此外，還有大量非人工種植的植物落地生根，不知不覺中繁茂昌盛：一年生的早熟禾，淺根，占據著未蓋有建物的任一平面。龍牙草從田野邊緣蔓生到此，侵入市集廣場，進入城中心。石磚間的縫隙冒出卑躬屈膝的拳蓼。更別提蒲公英這種有用的花了，繁殖潛力強，身影出沒在每一個街角。隨處可見野生植被。艾草的葉上有白色小絨

毛，繁縷鋪散成一大片草坪，以及根除不盡的藜草。物種豐富多樣，令人驚嘆，尤其是廢墟和空無一人的老舊建築錯落並存的史坦街（Steinstraße）。這裡的屋舍精確呈現了不同階段的墮落毀敗。等等！班卜格不是住過這兒嗎？電鈴被拆了，門牌也模糊難辨。門敞開著，地下室湧出冷冽的空氣。庭園中甚至還有沙生蠟菊。建築廢料堆旁，西洋蓍高高抽長著。鼠大麥的穗有著長長的芒。野草永遠不會消失。

唯有繁盛茂生的植物才能在此存活。沒有裝飾花壇、嬌生慣養的小花園和其他精心布置的棲地。甘菊、堅實的漆姑草、狡詐的冰草、激動人心的薺菜——頑強的野草、執拗的植物。這才是確保存在的繁殖生長。複雜的授粉作用在此不會有結果。一切只能快速完成。野草在受到有害物質侵害之前，早已迅速蔓生。多葉車前草黏呼呼的種子，會黏在每一個鞋底。鱗毛蕨會拋出細小的孢子。蒲公英隨著降落傘飄移，種子被風帶走。在緊急的情況下，薺菜甚至能自行授粉。更換生長地，不在這些植物的考量範圍。除了留在此地，別無選擇，因此它們發揮最大優勢，滲透到閒置的平地，占據無用的空隙，在地磚裂縫中、在廢墟裡播種，往瓦礫堆的污土扎根，鑽進早期建築倒塌後的殘堆裡。黏土、水泥、灰漿，它們完全無所謂。甚至可說完全相反。乾燥至極的石灰質土壤，對綠色先鋒的頑強代表來說，也屬豐沃之地。

莖葉植物簡直被低估了。求學時期，她自己對這種綠色東西也不感興趣。光合作用工廠低聲下氣的勞動者。始終與數字脫不了干係。多少葉片，多少雄蕊。石松和蕨類，裸子植物和被子植物，雙葉植物和單葉植物，蝶形花科和十字花科，唇形科和菊科。互生、輪生、對生。果實、飼料、藥物、裝飾。光合作用的個別器官。大型循環的輸送供給，新陳代謝的推動馬達。植物，將缺乏能量的物質轉變成能量滿盈。動物界又是另一回事了，我們不是自養生物。每一片小葉上，每個細微的葉綠體，一天又一天孕育奇蹟，供養著我們，得以生存。表皮、角質層、柵狀組織。若能成為綠色植物，便不需要進食，不需要採買，不需要工作，什麼事也不需要做。只要躺在太陽底下曬點陽光，喝點水，吸收二氧化碳，一切，真的是一切，就能調整完成。皮膚底下的葉綠體。妙不可言！

耐力強韌的沉默植被，值得尊敬。它們無需語言也能溝通，即使不具神經系統，也會對疼痛敏感。據說它們甚至有感受。然而，這不是進步。或許正因如此，它們比我們優越，因為它們不須感受也能自給自足。有些植物的基因比人類還多。被低估，始終是取得權力最有指望的策略。只消在正確時機用力一擊即可。植物群伺機守候，已是不容忽視的事實。

它們在溝渠、花園和溫室等待進擊的時刻，很快就能取回一切。拿製造氧氣的觸毛，再度占領被濫用的區域，不顧氣候狀況，用它們的根部鑽破瀝青和水泥。將往昔文明的遺跡埋葬在封閉的野草植被底下。歸還給原先的物主，不過是時間的問題。

喜氮的蕁麻仍滿足於狹小的土壤時，鐵線蓮木質化的細枝早已迅速形成濃密的灌木叢。地面被蕨類植物遮蔽，還有雜亂的樹葉，半是新嫩，半已腐爛。真菌、地衣、苔蘚自行在瀝青地面快速拓展。沉默的外衣。全部承載著孕育未來自然界、未來風景、未來森林的種子。需要播種的綠地？耗費精力的植樹造林？這裡有股更高的力量主導一切！無人能阻擋。幾百年後，這裡終將成為雄偉的混合林。所有的建築物頂多剩下教堂，內部空洞，磚造骨架，林中的廢墟，就和一幅畫呈現的一樣。精采絕倫。人必須思考得更深、更廣，超越渺小的人類格局。時間是什麼？黑死病，三十年戰爭，成為人類，原始人洞穴中的第一道火光？一眨眼，一切已成過去。人類是短暫易逝的蛋白質基礎，也是一種不可思議的動物，短短的時間內即侵害了這個星球，最後和其他幾種奇特生物一樣，又將消失不見。被蟲、真菌和微生物分解，或者被埋葬在厚厚的沉積層中。一個有趣的化石，不會有人挖掘出來了。但是，植物活了下來。這個地方只是一座萎縮的城市，已停止生產，不過真正的生產者早已著手工作。這地方不會衰敗，而是雜草叢生。一次繁茂的融合，一場平和的革命。欣欣向榮的風景。

公車很快就會來了。站牌旁已聚集了一些通勤學生，其中也有她班上的幾個孩子，凱文、保羅、胖子和那兩個功課不好的嬌媚女生，他們正虎視眈眈獻祭品愛倫。此處運作的是叢林法則。她一旦露出膽怯可憐貌，有此遭遇也無須感到訝異。兩造都有責任。她聽見哀叫聲了：洛馬克女士！洛馬克女士！但是愛倫的信號發送錯對象。人之所以變成受害者，全是咎由自取。引發同情心需要六分鐘的時間，但是洛馬克不想等那麼久。更何況，她原則上不在課堂以外的地方和學生交談。中午一到，兩方各自分道揚鑣。這裡不再是她的領域。

艾莉卡遠遠站在一角，背包放在兩腳間，右腿彎曲，一邊肩膀比另一邊高，臉部像榆樹葉般不對稱。從側面看，很容易被誤認為男孩。她身上穿著皺巴巴的海藍色薄雨衣，白色袖口露出細瘦的手腕，左手半握著拳，手裡轉著栗子。她靜靜眺望對街某個地方。不過，她從這裡不可能看清大門上方紀念碑的字。但這一點也不重要。她的下巴堅毅果斷，臉頰上有塊白斑。鮭魚斑。她怎麼會有這個斑？出生時的意外。產鉗滑掉造成的。癒合不佳的傷口。她憂心什麼？她都能當她女兒了。哎，什麼話。當她孫女都沒問題。怎麼會生起這種愚蠢的念頭？卡特納如何辦到的？巧言令色。他怎麼把女孩弄到手？真的可能是她的孫女，畢竟她有個女兒。有時候她會忘記自己曾有過孩子。克勞蒂亞究竟想在那邊做什麼？她從來就沒能理解。這種事也不可能釐得清。一開始她只想念完大學，接著是一段旅行，最後是一個男人和一份工作。先是男人消失，然後失去工作，最後幾年，所有應該停留在那邊的理由也一一不見了。洛馬克每次問起，克勞蒂亞都已懶得回答。後來某一天，洛馬克也不再詢問了，免得本就稀少的電話次數變得更加罕見。她偶爾來一封電子郵件。簡短的音訊。寫了很多問候，卻沒什麼內容，更別提什麼答案。想要抱孫子，希望渺茫。克勞蒂亞三十五歲，無法再規律排卵。

愛倫此時已被包圍，帶頭的是凱文。胖子的臉上大大咧著笑容，很開心自己也能插一手。他們把她推來推去，扯掉她的髮箍。事實上，他們的年紀也大到不適合做這種幼稚舉動了。純粹出於無聊。愛倫笨得加入其中，追著他們後面跑。髮箍被丟到污泥裡，愛倫彎下身子，凱文又推了她一把。公車不能快點來嗎？再這樣鬧下去，她不出手干預也不行了。愛倫嗚咽啜泣，眼睛緊閉，縮著脖子。預感反射[11]。不過人類沒有啃咬抑制[12]這種東西。

艾莉卡的耳朵長得很奇特，稜角分明拱起，耳廓凸出，形狀少有。豐厚的耳垂上有白色小絨毛。

艾莉卡轉頭看著她，氣憤填膺。她怎麼回事？想要做什麼？目光銳利如刺，表情若有所思。為什麼目不轉睛瞪著她這麼久？

公車終於來了，所有人一窩蜂擠向前。艾莉卡丟掉手中的栗子，泰然自若地上了車。這女孩真是驕傲自負。英格・洛馬克刻意最後一個上車。

幾分鐘後，他們駛離了市中心，穿梭在郊區間，經過停工的廠房、平房車庫、小型園藝區和購物廣場的大型停車場。沒多久，就開上往大後方的公路。路旁有座大型招牌寫著：此處不是死亡之地。路邊溝渠旁，木頭十字架和骯髒的絨毛玩具說的又是另一回事。

右邊有個老舊火車車廂改建成的美國速食小吃店，失敗的嘗試。在左方有一處古舊農莊，外來者在此耕作經營。大城市的居民絕不允許這種事情存在。外來者沒看清自己只是以不自然的人為方式維護這個地區，將他們帶來的熱情傾注在遼闊的幅員和未塗灰泥的房舍，甚至是當地人的沉默寡言。他們嘗試了幾年，抱怨自己不屬於這裡，直到他們逐漸明白，之所以沒有感到歸屬，在於此處早就沒有歸屬感和群體互動之類的東西。他們連有機牛奶和文化中心都不買。這裡不是死亡之地，但也非生存之處。人人自掃門前雪。呼吸器不再運作。醫學的進步。她希望藉由人為方式活下來嗎？就像她母親被拿掉子宮和卵巢後一樣。未雨綢繆。但其實已經沒有什麼預防措施了。像室內噴泉般的噪音，汩汩流動的機器，發出尖細聲響的螢幕，每十五分鐘量一次脈搏，糞便直接排入袋子裡。非常實用。手撫摸著病患，就像電視上看見的那樣。人總有一天必須做點什麼。或許她也該隨便寫點什麼，表明心願之類的東西。那個叫作什麼？公車轉彎，離開了大街，在三座村莊間環繞行駛，被一條石板路串起的三個珍珠。不過，完全不是漂亮的首飾。對向來車被迫彎進路邊停車處，讓公車先行。對了，沒錯：生命意願書。她要先列好。這件事早就該做了。天有不測風雲，尤其是她這種年紀。無一事是安全穩當的；安全穩當什麼也不是。

艾莉卡雙肩耷拉著，頸項間的小凹陷顯得非常特殊。頭髮蓬亂，鬈髮堆擠在放下來的連身兜帽上方。白淨的皮膚下，骨形清晰可見。樹葉的影子落在柔滑的絲緞皮膚上，一會兒是斑斑傷痕，一會兒是浮雲連翩盪漾。她現在站了起來。她為什麼要起身？對了，公車停了下來。這裡是最後一處農村，森林邊有幾棟房子，裡面住滿了人。至少看起來如此。木板柵欄後頭有雞群。注意，內有惡犬。她住在哪一間呢？有沒有兄弟姊妹？她是本地人嗎？這一站下車的人只有她。她緩緩沿路走下去，背包掛在一側肩膀。以後想必會脊椎側彎。公車再度開動，轉了一個彎後，再也看不見她的身影。

窗玻璃上爬著一隻年幼的蝗蟲，張開閃亮的綠色翅膀，爬來爬去，尋找出路。

她好幾年沒搭公車了。坐在上頭往外看，景致全然不同，近乎美麗：菩提樹從柏油路邊往路中央傾斜，形成林蔭大道。鼴鼠窩一球又一球。路旁的排水溝渠，槲寄生爬滿樹冠。濕潤的草地上躺著沒能從上次水災幸免於難的灰色樺木。孔狀鐵絲網圍著可一眼望穿的馬廄和波浪板搭蓋的倉庫。一處沒有柵欄的平交道，老舊的鐵軌上鋪設新的枕木。牧場裡，荷斯登牛（Holsteinrinder）杵立在翻掘過的黑土上。遠處筒倉閃耀著光芒。幾隻海鷗將耕地當成了海洋。輪作的田地上，偶見柏油小路延伸到一處偏遠的農家。拖拉機的輪印形成了小水窪，輪胎堆成山，陳年糞坑，雜亂不淨的瓦礫堆。一幅凌亂的風景，一切機械加工，單一作物栽培的馬賽克拼貼。土地翻鬆，水利調節，營養供給。飼料作物和家禽家畜；動物繁殖成功和作物栽種。有機體之間的企業合作，共同提高預期的產值。大自然再也不見蹤影，四周被開墾殆盡。拔地高聳的白楊豎立在村莊的運動場旁，黃楊生長在池塘邊。眼前出現石塊路面。歡迎回家。公車停了。

候車室裡一如往常，聚集在此殺時間的青少年，辱罵、抽菸、飲酒。不意外，他們沒有一個人是根據達爾文的理論被創造出來的。柏油路面上被吐得一地口水。這個年紀的青少年顯然對他們的唾液有著特殊情感。人體主要的體液。

購物商場最近進駐一家搬家公司。**通行全德國！**這幾個字貼在櫥窗上，最後面竟還加上了驚嘆號。停車場停放亮黃色的貨車，車子大到能裝下整個家庭的什物。一生全在一輛貨車裡。今日，要帶上所有家當毫無問題。但是，要往哪裡去呢？她會留下來。

鐵絲網後面的土地上曾經聳立一座大莊園，裡頭有座穀倉，但就在一位來自邵爾蘭（Sauerland）的家庭醫生花費鉅資將之大肆整修後整整一年，穀倉就付之一炬了。運動場上有座小型舞台，用來舉辦慶祝活動和頒獎典禮。紅旗飄揚。空氣中瀰漫著丁香花的香氣，香腸和啤酒的味道。女市長會上台致詞。她的胸部雄偉得驚人。握手力道堅定。有這麼肥碩的乳房，總也不可能和人擁抱。強韌的接班人，孩子成群。足球比賽和小組之夜，頒給大人一些勳章，給小孩獎章。工作上貢獻良多的積極分子。為一棟新塗好灰泥的房屋正面裝上金黃色的門牌數字。所有人都出來慶祝五一勞動節！克勞蒂亞曾經一整個冬季和市長女兒玩在一起，一個蒼白安靜的女孩。直到一次蓋圓頂冰屋時，克勞蒂亞拿冰塊敲到市長的掌骨後，才中斷往來。克勞蒂亞曾經告訴洛馬克，他們家的臥室裡掛著大波霸的女人照片。她非常訝異克勞蒂亞會告訴她這種事情！市長的先生是一名工廠駕駛，身材高大壯碩。市長馬上被送去照X光片。不過是手部骨折罷了，玩的時候多少會發生這種事。當時他們還住在新建築裡，兩間半的房間，有座燒火暖爐。小舞台旁，警報器仍舊未拆。一個星期發布一次警報，就在午睡過後沒多久。雖然習慣了，還是會被嚇一跳。警報尖嘯聲拉得很長。每個星期六十二點，一星期一次的驚嚇，以及伴隨寧靜而來的不舒服感受。寧靜和平不是天經地義的事，因為有戰爭，因為一再被召喚來的危險。不過那畢竟只是警報演習，為了以防萬一。難道妳不想要和平嗎？上個世紀九〇年代時，她曾被如此斷章取義地質問過。當時的感覺消失了，放眼現在，活在當下。一個星期又結束了。

村子被切割開來，留下來的當地人占據中心，外來者聚居在田野邊。她的家也在那裡。他們的錢只夠買用推土機和拖拉機在幾天內組裝起來的硬紙板房子。詭異的是：人花了一輩子等待一通電話，一棟房子卻能在三天後出現。牆壁單薄如翼，若是有人走下樓梯，地下室就會發出答答哐啷的聲音。至少他們還有視野，可眺望田原。房子外牆爬滿了常春藤，藏居著一群麻雀。只要拍拍手，牠們就會全部衝出去。

有人在叫她嗎？

當然了，是漢斯。他總能馬上嗅到有人來訪。只要有人打從他的籬笆旁走過，就算是他的訪客了。他剛從溫室出來，那是他用丟棄的木框玻璃窗拼湊出來的。他手中拿著番茄枝椏，拖著腳步走路。像往常一樣，他有的是時間。

「車子壞了？」

眼睛還真銳利呢。

「是啊，是啊，沒電了。」

他手一舉，說：「我懂，我懂。我也有過一次經驗。不過，事情不是這樣就結束了。他們說我的車子徹底報銷了。但是看起來根本不像啊。那些混蛋。簡單說聲完全報銷，然後就沒了。那可是輛漂亮的車喲，真正的寶貝。」

他花園後面那片收割完的田地上，麥稈紮成一捆又一捆。遼闊的天空下，電線杆上的電線低垂著。他上次提到那輛車，是帝勒的兒子被車壓死的時候。十七歲，沒有駕照，時速兩百公里。沒人希望一個母親承受這樣的事情。不過，那個頑劣少年是個沒出息的人。

她熟知他所有的故事。每天和漢斯聊一下，是日行一善。這樣他就能幻想他仍然存在。

而她之所以停下腳步，純粹是因為他有隻可憐的母豬，不過這點不會造成他的困擾。那隻可憐母豬是他的財產，只要有空，他就在庭園裡追著牠跑。而現在，這種時機成了他一天的最高潮。

「妳知道嗎，野蜂比養殖的蜜蜂還要勤勞？因為牠們不是群居生活，而是獨自生存。或是零星群聚在一起。」

他到底想說什麼？

「但是牠們都死了，那些蜜蜂。我不需要告訴妳那代表什麼意思。一旦蜜蜂死光，四年後人類也會跟著滅亡。」

又是那種世界陰謀論者的眼神。

「你從哪兒知道這種事的？」

他的頭歪向一旁。「我會看報紙，聽廣播。總而言之，我一點也不懶散糜爛。」彷彿那是種成就似的。事實上，那確實也是一項成就沒錯。勢必得勞心耗神。活著毫無功能，無用的存在，造成別人的負擔。也只有人類才會如此。

「我透過傳播媒體洞察外界。」他一隻手舉到耳朵旁，側耳傾聽。為了保險起見，他的窗戶旁邊掛著兩支室外溫度計。至少他想保留對溫度的掌控權。他晚上會和他的紅毛虎斑貓到田地裡散步。有時候他會說：「伊莉莎白和我……」伊莉莎白和他。

他曾經娶了一名烏克蘭女子，但很久以前就遠走高飛。為了早被他揮霍掉的錢財。他絕口不提她，或許此後根本沒再想起她。有次他爛醉如泥，拿著一個充氣娃娃在村裡走來走去。沒有孩子。動物至少還能找到一時的交配對象，暫時的後代。他從前投資失敗，現在也一樣，但他就是無法住手。不過也沒必要。你想投資嗎？我的意思是，五千歐元，那沒什麼。投入吧，拍板定案！他就這麼出現在此，窩在他的黏土房裡，這區唯一堅固的建築，窩在讓人想起車庫而非房子的洞穴裡。一個設置了工作台的地下室工作房，還擺了自己畫的圖畫。但他人永遠在外頭。應該不會再有人來看他了，從此被忽略。

伊莉莎白來了，磨蹭他的小腿，然後坐在他腳上。這隻貓本來應該是隻狗的。

「我不做蠢事的。」把失敗當成一種功績，多麼值得尊敬。現在差不多了，她想走了。

「等一下。」

他彎下身，摸了摸貓，然後拿起某樣東西。

一顆生鏽的螺絲。他在手中掂了掂，往空中一丟，接住後，張開了手掌。

「啊，妳看，這個還可以用。」他把螺絲放進破舊的牛仔褲口袋。看得出來他很高興。他的日子獲得救贖了。收穫豐碩，可以帶進他的建築物裡，和其他總有一天會派上用場的東西放在一起。他的儲存室。一種儲存的生活。漢斯心情愉快。可憐的母豬。

「祝你今天過得開心，漢斯。」

他得到今天的配額了。

「我喜歡聽妳叫我的名字，聽起來很舒服。這種事情不常發生。」他瞇起眼睛。「妳知道，現在沒人和別人說話了，彼此就這麼簡單不再交談。」

他指的當然是自己。他就是不肯罷休，得寸進尺。現在真的要走了。

她留下他一人。他也已習慣了。

疲累再度襲來。她想給自己泡杯咖啡。沃夫崗還在處理鴕鳥的事，到他回家前還有點時間。伊莉莎白輕巧地掠過花園。遠方可見風車的紅白葉片和閃耀光芒的廣播電視塔。

電子郵件的主旨寫了兩個字。忽然間，她感覺心臟，那跳動的肌肉，簡直要奪口而出：Just married（新婚）。洛馬克不懂英文，卻能理解詞意。她點擊郵件，出現一張照片，一對身穿白色禮服、洋溢幸福笑容的新婚夫妻。兩個陌生人。上頭寫著**史蒂芬**（**Steven**）。**史蒂芬和克勞蒂亞**。照片下面是相互交纏的戒指圖案和兩隻接吻的鴿子。賀卡上的鳥，彩虹底下的和平使者。然而，牠們卻是以喜歡啄擊聞名。鴿子只有透過變態的近親育種，才會顯出那副純潔無辜的模樣。

她靠著椅背。桌上堆了一疊授課資料，最上面是九年級的座位表。表格被填得亂七八糟，各式各樣的筆跡，難以閱讀，有些甚至無法辨認寫的是什麼字，她還得再謄寫一遍。表格下方，畫上教師講台的位置，她必須在此簽上自己的名字。眼皮沉重不堪，她閉上眼睛，不過到處是棉絮，在螢幕上飄來飄去，翻飛個不停，一下猛地飄走，一下又迅速出現。嘴巴好乾，脖子緊繃得要命。英格．洛馬克感覺像吞了顆糖果似的。

遺傳過程

鸛鳥還在，徘徊在屋後從農田變成寬闊凹地的荒野上。牠們幾個星期前便聚集在此，啄食收割後田地上剩下的穀物。睡覺時，踩高蹺似的腳踩在深度及踝的水塘裡。在晨曦微光中，牠們不過是一群四處移動的灰點。緩緩地，在背後深色景致的襯托下，輪廓逐漸浮現。一群踩著高蹺行走的鳥兒，數量一天天龐大。彼此不相識、來路不明的團體，卻有著共同的目的地：安達魯西亞和北非海岸。牠們是飛向地中海的西歐遷移隊伍的後衛部隊。空氣潮濕，冷冽刺骨，窗台上早已結了白霜。牠們從未在此停留那麼久。已經十一月中旬了。牠們看來躁動不安，似乎在等待什麼。因為遷徙而不安嗎？終於要出發了？牠們展開雙翅，飛羽一縷一縷掀張，叫聲響如喇叭，往上伸直了身子嗎？雙腳挺直，脖子向前伸長，在天空形成一個不規則的方陣隊形。一道指往南方的扭曲箭頭。牠們如何定位始終是個謎。透過太陽？星星？磁場？還是有個內在羅盤？

英格．洛馬克的呼吸變成一道白霧。天氣很冷，氣溫應該在零度以下。牠們究竟在等待什麼？能夠聽從本能行事，感覺一定很棒。沒有意義，無須理解。她關上窗戶。

沃夫崗和平常一樣去處理鴕鳥的事了，餐桌上留下擺放凌亂的餐具，幾許碎屑洩漏他先前攝取營養時所坐的座位。她的椅子上有一球東西，是捲成一團的綠色連身工作服、一件內衣、藍色運動襪。這是他要求乾淨衣物的方式。鳥的腦容量太小，記不住臉龐，所以沃夫崗一定得穿綠色連身工作服。換成其他顏色，鴕鳥會認不出他。但這件事不准說破，沃夫崗打死也不會承認。對他來說，牠們是最聰明的動物。他簡直愛上了鴕鳥。愛上牠們天生濃密的睫毛，愛上左搖右晃的走路姿態。尤其是牠們緊黏著他，至少在他穿綠色連身工作服的時候。反常行為的典範。更誇張的是，他人必須在現場，雌鴕鳥才願意交配。這惹得配種的雄鴕鳥很不高興，氣得直立身子，發出吼叫聲朝他衝去。授精者的威嚇姿態。在孵化期保護自己領地的雄鴕鳥，就像守衛自己母牛的公牛一樣危險。

沃夫崗始終認為沒有他不行，純粹只因為他曾親手幫每隻母鴕鳥受精。雌性在準備受精期會升起某種優勢，這時交配便成了一場戰鬥。大部分的脊椎動物，性交時通常會發出嚇人的聲音。只要想想貓兒那可鄙的叫聲就行了。

有一次，沃夫崗動作不夠快，胸部被兩隻飛馳而來的足趾給踢到，這件事還上了報。

他又在冰箱冷藏室放滿椰子大的鴕鳥蛋。究竟誰會吃這種蛋？世界上最大的動物細胞。做出來的蛋餅足供一整班學生食用。但是給他們兩個人吃？一顆都嫌太多。這樣的蛋又不易保持新鮮。他們兩個已經不常一起吃飯了。她中午在學校和安妮塔姨媽一起用餐，他則在準備動物飼料的木屋裡弄點東西吃。經常有感興趣的訪客上門。《波羅的海日報》的人每隔幾星期就來訪，他會花上好幾個鐘頭解釋鴕鳥的飼養。雄鴕鳥的脖子在交配期過後會退紅；鴕鳥感覺被忽視時，會發出顫音抱怨；幼鴕鳥一天長大一公分；在幼鴕鳥的飼料裡混入小圓石非常重要，能幫助牠們健壯的砂囊消化割短的草；柏林有些餐廳用不錯的價格收購鴕鳥肉，腿肉尤其炙手可熱。脂肪少，沒有膽固醇。他總是堅持鴕鳥肉的味道像牛肉，但是大家只是因為兩者顏色一樣深，才聯想到牛肉。視覺刺激打敗味覺刺激。即使如此，每份報紙都提到沃夫崗．洛馬克是地方特色小菜的英雄。畢竟他屬於東山再起的人物。從走下坡的家畜生產學前任獸醫，搖身一變成為休閒農夫，畜養異國動物，供人拍攝精采的照片：浸淫在紅色燈光下、全身條紋打扮的幼鴕鳥，或是小跑步的鴕鳥、跳交尾舞的鴕鳥、雪中的鴕鳥。再加上標題：**西波美拉尼亞草原上的大型動物、鴕鳥園裡的孵蛋氛圍、這顆**

蛋足可餵飽二十五人、好鬥雄鴕鳥攻擊飼主。

他將所有文章都剪了下來裱框，卻全收到地下室去。那些剪報不適合放在客廳，畢竟鴕鳥不是這個家庭的一分子。

她一邊刷牙，一邊又望向鸛鳥。最後一批也離開牠們潮濕的巢穴，搖搖晃地整理羽毛，伸長頸項，測試風向與溫度。現在連黑色的腳都看得一清二楚了，牠們踩著腳，輕巧又具威儀地走過田地。與鴕鳥走路時的晃動無從比較。這一刻，牠們是涉禽，是冬棲地的岸鳥，過著雙重生活。頂多再三天，牠們就會離開。很簡單的計算。每一種行為模式都需要耗費特定的時間和能量。一旦預期的收穫大於投資，如此的耗費才有意義。效益為大。所有事情都一樣。牠們要前往的目的地一定非常漂亮。地中海。現在幾點？她必須出門了。

站牌旁邊站著瑪麗·徐立希特，有氣無力地點了點頭，然後頭一抬，鼻孔朝天。高傲自大。大腦如同果肉，完美地包在頭殼裡。徐立希特是醫生的女兒，搬到這裡來，無非是想聞點農村的新鮮空氣。但是她並未嗅聞。她有在呼吸嗎？她表現得非常神經質，一切都讓她覺得難受。青春期是生命的潛伏期。等待著公車，等待著駕照，等待著她能夠再度離開。抱持空洞的信念，以為未來仍會出現好事。不過，至少她閉上了嘴巴。

車子準時抵達，搭乘的人一樣不多。大家各自坐在習慣的位置。瑪麗．徐立希特坐在前方，洛馬克走到倒數第二個座位坐下。這裡柴油引擎的聲音最大，足以蓋過接下來五站逐漸震天價響的嘈雜聲。她搞亂了原先的座位秩序。保羅和他的朋友從最後一排被趕走。這幫愛鬧事的傢伙和後知後覺者，正懶洋洋地坐在公車中段。當然免不了好奇的眼光。大家無不感到奇怪，為什麼她現在每天和他們一起搭著車繞來繞去。但是，不自己開車，純粹是因為意外事故。她的生命對許多蠢蛋而言一點也不值錢，遑論野生動物。清晨薄光中，車燈迎面而來，鹿和野豬等動物只能乾瞪著眼，無法動彈。駕駛人最後不得不對著牠們駛去，否則發生意外，保險公司不予理賠。這裡整個區域是一個龐大的動物出沒地。到處是架高的瞭望台，附設的木梯垂直陡峭。成人專用的樹屋。公車本來就是她以前的交通工具，到學校、前往首府，無不搭乘公車。秋天時，也經常和沃夫崗搭車往北方去看鸛鳥。一開始搭公車，接著換火車，最後再搭公車。永無止境的遠足。他們帶著保溫瓶和三明治，走在秋色斑斕的草地上。終於發現鸛鳥聚居地後，便爬上瞭望台，依偎坐著，好幾個小時只觀察鸛鳥。不需特意開口說話，是他最讓她心動的地方。他顯然也喜歡這個樣子。他的第一任妻子始終講個不停，整天停不下來。而她以前的同居男友克勞斯，一直想要討論政治，談論政府和未來。每次都講到火冒三丈，青筋暴起，讓她越來越疲累。有次他們在某個掛著未來願景橫幅的舞台上，聊起兩人想像中的世界：技能卓越的勞工、實踐的計畫和改良後的生產工具等，她的頭痛了起來，克勞斯則像身穿貝綸（Perlon）西裝、釦眼裡插著康乃馨的男人一樣面紅耳赤。**今日工作的模式，塑造明日的生活**。這句話不知是種威嚇還是承諾。或許兩者兼而有之。後來克勞斯變得認真又踏實，不過那時他們早已分手了。即使如此，她還是被詢問了三個半小時。鬍子精心修整過的男士們，衣冠講究，不是貝綸質料的西裝。他們規規矩矩坐著，喝咖啡，吃蛋糕，然後就不想再離開。她不需要責怪自己，別人也簽了名。一些報告，傷害不了什麼人。如今這麼流傳著，有點多餘。就連卡特納也詢問過她。他自己也不是那麼清白。有好幾個星期，每個同事都分別被請到他的辦公室，誰也不准透露任何內容。漢斯認為自己以前也曾引起祕密警察的興趣。他只要覺得特別孤單，便會拿出檔案翻閱，聊表安慰，顯示自己也曾非常重要。至少對於幾個愛搬弄是非的人及其領導長官而言。裡頭記載了什麼？沒有家具，沒有女人來訪，他反社會。**ＨＧ被房客評**

為不愛勞動之人。被調查的對象沒有汽車，但是有輛腳踏車，幾乎每天使用。此外，他非常健談。如今大家能隨心所欲做自己想做的事。只不過，也引不起他人的興趣了。

耶妮佛上了車，身後拉著凱文，走到最後一排。保羅讓座之後，這裡成了青春期的雜交試驗場。自從凱文在鼻子上穿了牛環到學校來，沒多久，耶妮佛便主動投懷送抱。臉正中央的閃亮金屬。一般在小牛鼻子套上環，是為了妨礙哺乳；給公牛套鼻環，則是方便讓牛固定在棍子上，引導方向。而耶妮佛根本不需要牛棍，凱文小公牛相當溫馴聽話。

玻璃上結了霧氣，凝聚成水，車內變得酷熱。她擦了擦玻璃，窗外視野映入眼簾。外頭似乎沒有打算天亮的樣子。蒼白的田野上方，一片陰鬱低沉的天空。犁過田的農地上，留下玉米收成後的淡黃色莖稈。土地攙雜著斑駁綠意，三年輪耕制的間作作物發芽不良，種的是甘藍。根菜類緊接著穀類，穀物之後輪到甜菜。牧場上，土地被翻掘成一個又一個的窟窿。遠方蒼藍色的林子上方，劃過一道狹長的銀亮微光。

樹木往後飛奔。光禿禿的菩提樹，樹幹龜裂。候車室裝設了玻璃，因前夜的寒冷，蒙上了一層霧氣，上頭貼著許多海報。玻璃被村子裡領頭的青少年打破。黃色桿子上方釘著一個大大的站牌標誌H，地面有停車指示和人行道邊石。到處是接受義務教育的孩子，單獨一人或三兩成群，像牛奶瓶似的被收集起來。馬路邊的牛奶瓶。學校不再供應牛奶，沒有牛奶人員每星期來收取學生支付的零錢。香草、草莓和一般口味的牛奶一份二十芬尼，巧克力二十五芬尼。冬天時，牛奶箱子結了冰，卡寇夫斯基把箱子推到暖爐前面。等到下課後，牛奶又出現了。鈣質對兒童骨頭好，氟對牙齒有益。幼稚園裡的藥丸。今日若是有人給孩童藥丸，警方麻煩就大了。這段車程持續很久，四十五分鐘。問題不在於必須停靠許多車站，而是超乎尋常地繞路。衡量浪費和效益不適用於此處。公車彎進每條小路，隨時停車。務必讓所有人上車。

五、六年級的學生差不多全數到齊。為什麼也要帶上他們呢？他們沒有自己的車可搭乘。若是他們全死於一場車禍，地區學校馬上可以關門。至少安靜一點。他們正發出刺耳的尖叫聲。乳牙都還沒掉光，就已經變成大嘴巴。擺盪在脖子上的鑰匙鏈、手機袋、牙套盒。大得誇張的書包占滿座位，人卻擠在椅子邊緣。鞋子沒脫就踩在座位上。不過，因為座墊花紋的關係，也看不見髒污。年紀大一點的孩子反而像活死人。走路拖著青少年特有的步伐，背包隨時隨地滑落低垂的肩膀，眼睛睡意惺忪，劉海快要蓋住眉頭。要不然就是沒有頭髮，剪成戰鬥髮型，棒球帽底下露出被凍紅的耳朵，張著稚嫩的嘴巴，笑時和威嚇人時露出牙齒。學生們頭湊在一起，來來去去，好不熱鬧。

她前面那個女孩動來動去，髮絲細柔，別著紫色蝴蝶髮夾，髮夾在椅背上忽隱忽現。連身兜帽裡是軟毛，假的毛皮。世界上真有紫色蝴蝶嗎？雨林裡一定有。物種的多樣性非常龐雜，形形色色，幾乎教人討厭。每一次探險考察，就會發現新物種、亞種和變種。因為孤立隔離，出現豐饒多產的雜種。那裡沒有秩序。秩序必須被創造，而非跟在後面跑。夜間的節目中，展現叢林裡的斑斕色彩。她這輩子尚未看過翠鳥。無法想像的事情。不過，她看過黑鸛和兩次黃鸝，黃色的神奇之鳥。當時她年紀還小，和父親一起看見的。有個女孩腳步不穩地走來，又高大又魁梧，頭髮凌亂邋遢。紅潤的臉頰宛如屁股，胸部豐滿，繃在外套底下。頂多十二歲，卻已全部發育完成。一切都結束了。她停在髮夾女孩面前，然後擠了進去。

「妳應該去前面！去尤莉安娜那裡啦！」這是命令，不是訊息。尤莉安娜似乎擅長指使她的跟班。蝴蝶立刻飛走。

強權統治在此發展得十分完備出色，國王和步兵。攪拌瓊漿玉液的工蜂。沒有其他年齡層比他們還要階級嚴明。上升到另一個等級，不過是天方夜譚。一日局外人，終身犧牲者。鬧事者始終能夠找到彼此，扯頭髮，將壓碎的薔薇果放進衣領，在放學路上堵人，偷走運動袋，在廁所裡毆打，脫下褲子。那是「我們這一國」的精神食糧。剛才愛倫的頭部也被人夾在腋下，看起來沒有什麼危險性。至少她還會掙扎。她應該自己幫助自己。如此一來，情勢就能有所調整。

公車又停了。上車的是薩絲琦亞。她一路走到最後面，彎向耶妮佛，彼此在臉頰碰了三下打招呼，但一句話也沒說。頭髮像布簾。她向凱文伸手一握，手鐲叮呤噹啷響不停，然後砰的坐下，將超大耳機戴在頭上，音量調到高分貝。寧願耳朵聾了也比孤單好。她費心與保羅互動，免得被耶妮佛比下去。不過，他們完全無法消化關注和拒絕兩種態度的相互作用。輸掉競賽，便會錯過連結。

最後一排沉默無聲。耶妮佛和凱文百無聊賴。

「你愛我嗎？」耶妮佛稚嫩的聲音。

「當然啊。」他的聲音像大人。

「那說出我的手機號碼吧。」

「什麼？」

「我的手機號碼啊，你應該背得出來。」女性的邏輯。

「為什麼？已經存起來了呀。」

「說啦，快點。」

「0……1……欸……7……」

「繼續啊。」

他說不下去，她幫他說完，兩人又陷入熱吻。至少不會再聽到令人反感的話語。他們能說什麼呢？沒有什麼話好說。人總是說得太多。她和沃夫崗已經不再交談，這一點也不奇怪，因為兩人一整天見不上面。為什麼要緊偎相依？人之所以在一起，純粹是因為養兒育女花費昂貴。而他們無須再依賴成為伴侶之後的優勢，孩子已離家，任務圓滿達成。還應該做什麼？寫賀卡嗎？他們曾經彼此瞭解，而今各做各的事，感覺很好。他有工作，兩人相互妥協，均衡完美。總有一天，所有事情都會結束。如果她真的提早退休，他便不能靠她養了。結婚前，他有一次對她說，他喜歡第二等的女性。他們之間沒有驚天動地的愛情，不需要。她喜歡他豐富的動物知識。那是愛嗎？不過是病態共生現象滴水不漏的證明。例如約哈沁和阿絲莉特。兩人膝下無子，生不出來。等到一切為時已晚，一個怪罪給另一個，指責問題出在對方身上。一起散步時，兩家人分成兩組，前面是先生，後面是妻子。約哈沁光禿的腦袋，湊在沃夫崗蓬亂的長髮旁。阿絲莉特的聲音透露出神經衰弱。英格得調停仲裁。妳不也這麼想嗎？不，她不認為如此。別人的苦難與她何干？他們悲慘可憐，卻不值得同情。兩人大打出手，互相追趕，一個威脅另一個要去自殺。文化館裡舉辦著狂歡節，薩克森邦（Sachsen）來的小型樂隊，四名長髮音樂家。交換舞伴跳著舞，現場有好多瓶金牌酒（Goldbrand）。約哈沁和阿絲莉特毫無疑問是天造地設的一對，是共生和寄生兩者作用特別強效的混合體，如同暹羅雙胞胎(1)，一個翹辮子，另一個也會跟著完蛋。他們後來搬走了，搬到柏林，那邊比較有文化。從此沒再見到這兩個人。

公車彎進一條小巷，艾莉卡若是沒生病，就會在巷底等車。如果她沒出現，他們便白白穿越樹林，多繞了四公里路。不過艾莉卡健康無恙。總之她上了車，像小狗一般的眼睛打著招呼，然後站在洛馬克眼前。窗戶反射出影子。艾莉卡在黑色的光影中，背景襯著冷杉林，左右顛倒。幾個星期前，她換掉超大件的雪衣，改穿這件緊身的藍色冬季外套。那是一件墨綠色雪衣，袖子上有國旗，但是旗子裡沒有鐵鎚、圓規、鐮刀和黑麥穗束。總感覺少了什麼似的。當年英格參加民主遊行時，把國徽拆掉了，國旗變成和西德的一樣，至少她不需要再買新的。雪衣不可能是某個哥哥留給艾莉卡的。或許他們是搬來的，但應該不是從西邊過來，因為她太安靜了。家長會時，也沒人出現。班級簿裡不再填寫出生地，沒有任何資訊。一切都因為個資法。對這些孩童的認識乏善可陳，和他們相處的時間卻比先生還久，遑論是自己的孩子了。她從背包裡拿出什麼？數學課本。她翻閱著，尋找某一頁。她的生日在八月，剛好是放假時。獅子座。真可惜。她應該做個家庭訪問，看一下孩子的房間、記事板、彩色筆、海報。從蝌蚪變成青蛙。進行家庭訪問，立刻能明白出了什麼樣的問題。就像她還任教於多元科技高級中學（Polytechnischen Oberschule）時，曾經拜訪過的一個家庭。幫她開門的是母親，不再年輕，黑眼圈，紫色眼影。她手中抱著嬰兒，嘴裡叼了根菸，就這麼站著和她討論可能留級的第六個孩子。偶爾有菸灰落在小嬰兒身上，但一下子就被吹走了。如今唯有發生例外事件，才會進行家庭訪問。而艾莉卡不可能留級，行為亦無怪異之處，身上也沒有瘀青。她沒有什麼朋友。這樣更好。反正最後總是以背叛收場。看看薩絲琦亞和耶妮佛。她們是朋友嗎？門兒都沒有。她應該已初經來潮。一定有養寵物，但應該不是狗或貓，多半是小型動物，蠑螈、蝸牛。小型動物要求不多，且容易觀察。花園裡有個樹屋。害怕撫摸小鹿。有時瞪著油亮閃耀的小水窪發呆，或剝掉樺木的

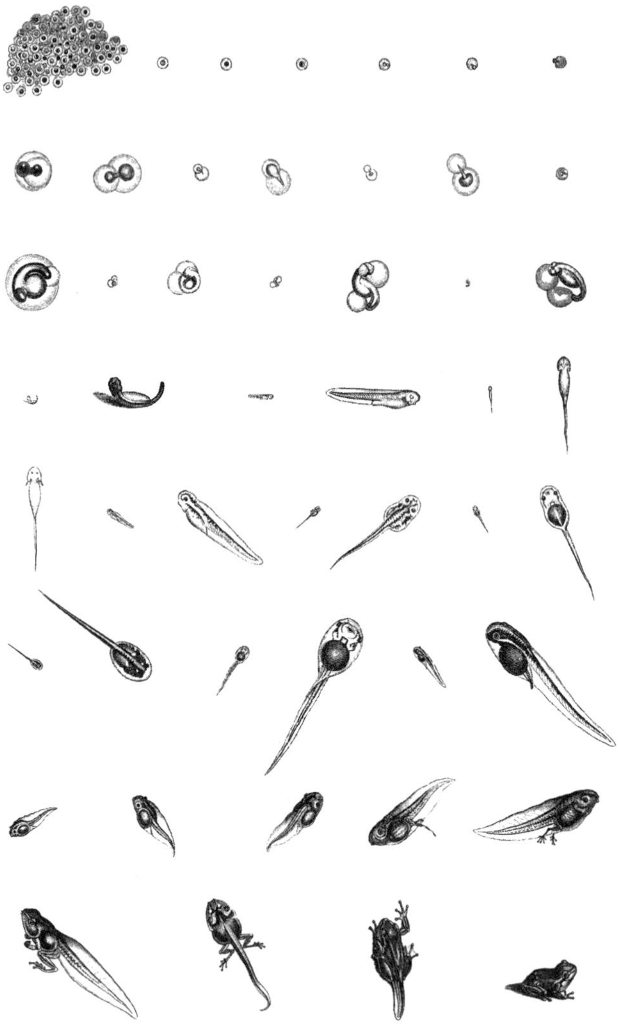

樹皮，或敲擊打火石，直到火花閃現。事實上，艾莉卡更為獨特。學年末才會評定成績。一開始是手寫，現在則是透過電腦。評定意願和能力之間的差異。大部分不外乎是有待努力，看不見期待視域(2)。別這麼盯著看，渴求的眼神，像敏感的探測器。她想起那些和蝸牛度過的下午。小時候，她總是一個人和蝸牛玩，幫牠們蓋露天的窩，在土裡插上枝椏，拿薄木板組成有孔的牆壁，還有沙做的小床。即使夜晚尚未降臨，也把蝸牛放上去睡覺，用剪下來的抹布蓋住。隔天，蝸牛通常不見蹤影。散步去了。她再把牠們一個個撿起來帶回家。有時候會混雜一隻從沒見過的蝸牛。有次拜訪一個阿姨，她正好幫牠們做了一個房子，可四處帶著走。她認為萬物都需要房子。一張床。艾莉卡也不例外。可眺望森林景致的小屋。脫掉衣物，純粹只想裸體在屋子裡走來走去。雙親不在家，坐在沙發上，感覺很奇特。夜晚傳來貓頭鷹的叫聲。赤裸的蝸牛也是一種生物，只是一點也不漂亮，生來注定被踐踏。也許她很笨。艾莉卡始終直勾勾地瞪著公式。那透露了點訊息給她，某種訊息。就這麼簡單。

「喏，妳現在有很多功課要做，對嗎？」

艾莉卡抬起頭，看著她。當然是一臉困惑。

「是呀，是呀。」口氣遲疑。

「妳全部仔細看一遍了嗎？」

艾莉卡明顯嚇了一跳。她也是。這是怎麼回事？她做了什麼？誰也沒再說話，撇開視線，往外，看向窗外。探身窗外。血液靜靜流淌。她究竟怎麼了？沒事。她什麼也沒說。沒有洩漏什麼。公車繼續行駛，直直向前。一切再正常不過。什麼事情正常？喏，一切噢。就像蝸牛交配一樣，延續了永恆。年輕的蝸牛爬到年長的身上，產下的後代再爬上之前那隻年輕的身上。年輕和年長，全都是雌雄同體。有所區別的不是性別，而是年輕與年長。其他人會怎麼看她？奇怪的是，車裡幾乎靜謐無聲。暴風雨前的寧靜。不，毋寧是風雨過後的寧靜。沒人在思考。耶妮佛和凱文打起盹來，薩絲琦亞拿下了耳機，開始梳刷蓬亂的頭髮。這是一趟旅程，每日出發，目的地是學校。那麼，艾莉卡呢？仍舊看著課本。至少她一點也不笨。

路牌出現眼前，他們很快就到了。今天晚上應該會做夢。達爾文中學的餐廳，空間寬大，玻璃帷幕，採光充足。就像在機場大廳一樣。有教師專用桌，但都被她不認識的同事坐滿。於是她走到學生座位區，或許有校外人士混雜其中，誰也不知道。她坐下來之後，才發現艾莉卡也在同一桌。她的正對面。她看起來非常成熟，似乎沒注意到她。在桌底下，她的膝蓋卻挨著她的腿，非常緊。這是人夢寐以求的一切。

課堂上，學生又置身在一片黑暗中，普遍神智昏迷。他們是藍色窗景前的模糊輪廓。按下開關，日光燈噹啷噹啷響。前面左邊的燈管要換了，花了很久時間燈光才亮起，刺眼的實驗室光線。夜晚的寧靜結束了。起立。

「早安。」聲音洪亮有力。

微弱的回音飄蕩著。瞇起的眼睛。

「坐下。」

課本和筆記本推來推去的聲音響起，學生翻來覆去找著鉛筆。過了好一會兒，所有人才在座位上坐好，按照她之前訓練的，將雙手交疊。

「把筆記本和課本收起來。」她的聲音聽起來真溫和，不是她希望的口氣。

他們現在都醒了，眼睛倏地睜大，難掩驚惶失措。集體驚嚇呆滯。這點倒是出乎她的意料。嘆氣、哀號此起彼落，還有她發送考卷時，那些不可避免的卑躬屈膝眼神。唯有愛倫和雅各柏沒反應，無條件接受事實。艾莉卡則是眼睛抬也沒抬。就連安妮卡也惶惶不安，覺得自己的平均分數岌岌可危。來這一套。她一個星期前才改完一次考卷。細胞核的構造和功能。一切存有的核心，遺傳訊息到蛋白質的單行道。考試的成績還不錯，四個人四，五個人三，兩個二，一個一。不過今天是自由出題。他們不是來這兒玩樂殺時間的。學校要求的是成績，和其他地方一樣。突如其來的隨堂測驗，是學校所能提供最貼近人生的東西。人應為現實、為意外事件的無情做好準備。事先宣布畢業考的日期，實非明智之舉。若能出其不意舉行，更加能凸顯意義。應給所有未中獎的彩券一個抽大獎的機會，獎品為密封在信封裡的作業試題。理想情況是抽籤選擇考生，將他們從課堂中叫出來。考試應分散到一整學年進行。經過曠日廢時的準備而取得優秀成績，並不是真本領。必須利用小考，擾亂知識傳遞和鑑定成果之間慣常的更迭。否則最後只會訓練出巴甫洛夫的狗。而在人生中，沒有鈴聲會響起。

「測驗將能告訴我，有誰認真學習。很多資訊會在短期記憶轉化到長期記憶的過程中消失的。」說這話一點也沒必要，他們已經認命了。膽怯地對著考卷苦思，眼睛不時往上飄，飄向她，或是望著窗外栗樹黝黑的枝椏。不過，那裡也沒有答案。一切無非是誇大的表演。

事實上終於能被人要求、挑戰，他們內心深處是快樂的。所有動物都希望受到支配，他們也不例外。這點有其意義，是他們貧瘠生命中的光明希望。一種雖耗損精力卻崇高莊嚴的感受，以及腎上腺素的每日配額。他們跳動的心臟握在她手中。是的，孩子們，這就是人生。而人生如今被嚴格分成兩半，內在原因與外在形象。嚴格的知識，乾硬的麵包。完全很簡單。要求越不合理，他們的成績越好。人類天生具有成就意圖，逃不出這項自然法則。至今仍無人死於過度苛求，恰好相反，很可能有人因無聊而死。

在座位間再巡視一遍。從櫃子到窗邊。龜背芋應該再澆次水。五片滿布灰塵如手指般的葉片，鬆軟無力地垂吊著。奇特驚人的東西。執拗地生長著，顯然也是對付忽視的一種形式。不過，這點無人不知，或許還是最有效的方式。龜背芋似乎真的執著於生命，不停地茁壯、再茁壯，生生不息。但是它們在這個緯度不會開花。再過不久，初雪將要降下。溫帶氣候，四季分明。非但陽光普照，也和加州海岸一樣少雨。那時候多麼舒適啊。結束沙漠之行後，終於有一天陰霾遮日，太平洋無邊無際，灰暗一片。棕色的鵜鶘宛如神風特攻隊飛行員般墜入海裡。海濱上，年輕濱鷸又長又彎的鳥喙追啄著海浪。巡邏隊員拿著金屬探測器巡察著海岸。在這個國家，所有人似乎一直在尋找什麼。棕櫚樹和電視上看見的不同，凌亂不整，乾澀枯萎。而這裡呢？好幾天不見太陽的蹤影，大家議論紛紛。不過他們畢竟不是植物，克勞蒂亞有次又把放下的捲簾捲起時這麼說過。有好幾年的時間，她下午總是置身黑暗中。到成人階段前，始終過著繭居生活。他們不是植物，不過克勞蒂亞看起來倒像個蝶蛹。蒼白、皮薄敏感的幽魂。總之很單薄。還有那聽來令人戰慄的音樂，線香頭隱現的紅點，寫得滿滿的筆記本，帶鎖的日記，鑰匙藏了起來。灰塵處處，彷彿有人死了似的。沒有植物，卻有隻動物。沉默寡言且心神不寧。

再巡視一次，必須好好監視才行。某處傳來一聲嘆息。湯姆癱成一團坐著；勞拉將胸部壓在桌緣，不是緊張就是妄自尊大。凱文伺機等待，鼻環簡直要貼到考卷上，頭部遲疑地緩緩轉動。反觀費迪南卻坐得離考卷老遠，比各式個體距離還要遙遠。

「凱文，你可以省點麻煩了，費迪南的筆跡連我也看不懂。」

所有人全轉頭看他。群集本能。一個小玩笑鬆解了氣氛。凱文盡力克制自己，緊張地看著他的考卷。

這裡怎麼會有龜背芋呢？或許是禮物？但是，誰送的？身為老師還能收到禮物的時光早已消逝。以前教師節時，他們懷裡總是抱滿花束。六月十二日，最絢爛的開花時節，尤其是牡丹。教師休息室成了獨一無二的花海。規定而來的表態，仍具有一點價值。

又是雅各柏這個嬌慣的四眼田雞，他身子坐得筆直挺拔，一副準備接受堅信禮的姿勢。第一道題目他很快就跳過了。不是莽撞，而是種挑釁。他什麼也不在乎，在生命開始之前，便與其斷絕了關係。順從一切，甘心接受突如其來的測驗，接受分級制度。沒有一件事情對他是要緊的。就像他父親一樣，一位留著落腮鬍、戴無框眼鏡的隨和先生。會遺傳的不只是近視，每次的家長會就是一場展示會。遺傳的最高規則是：上梁不正下梁歪，上梁甚至更糟糕。父母身上發展完備的特點，無害地潛藏在後代身上。泰貝雅有個偏激的母親。是單親媽媽，這件事當然不住地啃蝕著她。她經常打斷別人的話，總愛說每個孩子都是特殊的個體，尤其是她的小孩。不見得吧！可悲地嘗試藉由不太成器的下一代，來提高自己挫敗人生的價值。從逆境掙扎往上，孩子是她的投資。遺傳因子是對未來唯一的投資。希望自己的基因即使在新的結晶身上，仍被證明是優秀傑出的。而此一混合體的成功，應該回頭讚揚遺傳者。尤其是當另一位溜之大吉的時候。

簡直嗅得到全神貫注的味道。汗腺分泌。嘗試喚回遺忘的知識。記憶，有可能會愚弄人。不，記憶會騙人。充斥大腦中的盲點。恐懼留白，大自然無法忍受空洞。

他們一臉茫然無知，迷糊恍惚。**請你們舉出四種隱性身體特徵和四種顯性遺傳疾病！**他們身上都有。題目真的很簡單，答案非常多。光是手指就有：多指症、短指畸形、蛛狀指。另一道題目是一個多指症家庭的系譜，旁邊甚至就是一張黑白照片。父親和三個孩子伸出吸血鬼般的手指，手背朝前，目光直視照相機。照片來自一本久遠的生物課本，約莫三十年前，有那麼點恐怖屋的味道。狂歡節日、奇特罕見的大雜燴、大汗淋漓的乾癟生物、白化症患者、全身毛髮的毛人、毛皮女孩、長鬍子的女人、沒有下腹的女人。小時候，有個男孩住在他們家巷子裡，畸形的雷旭克，他和母親獨自生活在一棟殘敗的木桁屋，是個衣衫襤褸的可憐駝背矮子。酒紅色絲質襯衫的袖子磨損破爛，背部因為駝背繃得很緊。他像隻猩猩拖著腳走過大街，人往前傾，不見脖子，肩膀高聳。巨大的手中拿著購物袋，拖曳在鋪石路面上。沒人知道他確切的年紀，各種年齡都有可能。也許是個大小孩，或是有娃娃臉的高齡老者。正常，體現於畸變之中。人需要畸形殘障者，才能明白何謂健康。「怪物」（Monster）源自於拉丁文「顯現」（monstrare）。一切全是為了展示、詮釋用的。

今日的生物課本又有什麼內容呢？抽象的照片。旋轉雙螺旋的拋光模型，掃描式電子顯微鏡，塑造了他們二十三對香腸狀染色體的黑白群像，起皺的豌豆，戴著細框眼鏡和粗

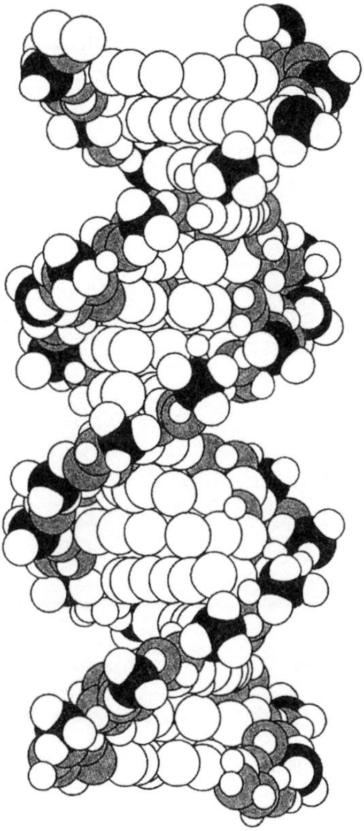

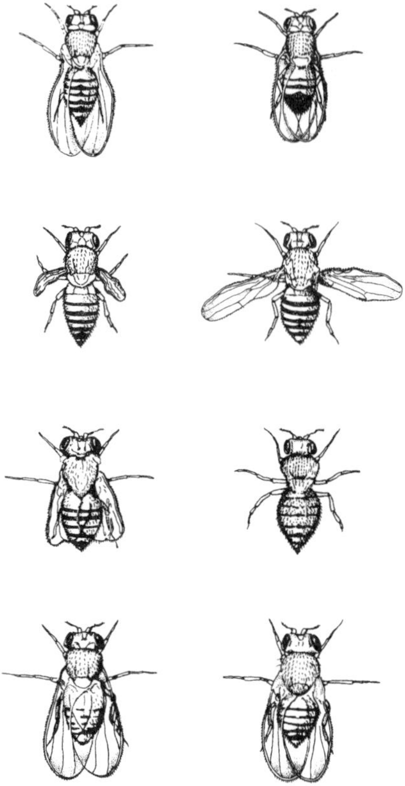

大項鍊的孟德爾修士照片，愚蠢的桃莉羊。還有一對老人，展示同卵雙胞胎的模樣。天生自然的複製人。相同遺傳因子的後代或許很適合作為研究對象，不過她自己並不想要。花雙倍精力餵食同樣的遺傳物質？最好有這麼倒楣。婦產科醫生剛開始甚至也做此推測，因為她的腹部相當鼓。話說回來，如果克勞蒂亞有個雙胞胎姊妹，或許她會留在這裡。當然不能忘了果蠅，遺傳學家最喜愛的代表動物。果蠅似乎從不會滅絕。容易飼養，容易培育，因為家裡永遠有腐爛的水果。黑腹果蠅堪稱典範動物。兩個星期即世代交替一次，後代數量龐大，只有四對染色體，遺傳特徵容易辨認。果蠅被麻醉後，拿放大鏡觀察即可。當年，某天上課時，每個學生的桌上都有一只椎形瓶，瓶口塞著棉花，裡頭全是某些研究人員期待已久或是他們以X光照射、促使變化的果蠅變種，有著外星人般的眼睛，或紅或白。身上圖紋像棋盤，翅膀扭曲，硬毛細小。他們被要求麻醉果蠅，根據特徵，在白紙上將其分類。果蠅若吸入太多乙醚，會馬上斃命；吸太少，又會很快甦醒，振翅飛離。他們損失了很多果蠅，毀了觀察結果，只拿到很低的成績。死亡和逃亡的實驗動物。孟德爾做他的豌豆實驗還比較容易取得結果。大自然想透過實驗說話。每個實驗卻發展出自己的生命。

遺傳疾病這個章節中，只有一張照片，是個露出傻里傻氣笑容的唐氏症兒童，手上停著一隻蝴蝶，看起來像隻粉蝶。偏偏是這樣一隻蝴蝶。那是什麼意思？害蟲和畸胎。以前這種人還被叫作蒙古症白癡，現在已經不允許這種說法。不許說的還有：黑鬼、斐濟人(3)、吉普賽人、侏儒、殘廢、特殊學生。彷彿這麼做，即大有幫助似的。語言是闡述思想之用。無脊椎動物，就稱其為無脊椎。世上總是存在不可說之物。蘇聯是個多種族國家。錯，所有的國民都是蘇維埃人。近來那裡應該不會再有人種之分了。但否認此一現實，就是盲目。黑人與愛斯基摩人長相天差地別，是顯然易見的事實。只要牛有品種之分，人就有人種之別。即使是孟德爾法則，今日也只是一種規則。一切不過是以發現者命名的病症罷了。如同島嶼一樣。病體中揚起信號旗幟，透過診斷永生不滅。唐氏症、馬凡氏症、特納氏症、亨丁頓舞蹈症。名稱並未透露更多訊息，指出一切有多糟：弱智、侏儒症、扁平足、不孕症。遺傳的舞蹈病。早死。四十歲，生命即完結。彷彿不這樣就有什麼不同似的。這其實適用於所有人，至少適用於每一個女人。三分之一的壽命徒然白費力氣，不過是倖存於繁殖期後的生殖後期。只有人類才會出現此種現象。基因在我們體內冬眠，等待更好的時機，等待某一刻的爆發。四處拖著走的缺陷。基因工程學著實非常戲劇化。

隱性的遺傳過程實在引人入勝。明明有這樣的特徵，卻看不見其存在。或許看得見，在某個時刻。宛如偵探小說。公開的創傷，不流動的血液。她曾經畫過一份歐洲貴族的族譜，維多利亞女王以降，直至現代。廣泛分岔的線條，性染色體遺傳的了不起典範。她必須將黑板翻過來，才能全部寫上去。第一位傳播者(4)，她的女兒和孫女，人人健康，嫁妝豐厚。這個詞還真適合。應負責任的母親和她們早死的兒子。用紅筆畫起來，一半的孩子聽得心服口服。無傷大雅的摔跤，小小的車禍意外，一點輕傷，內出血。缺少的血。最後一位皇太子，千鈞一髮的生命。也沒有革命。

黑板上的族譜一事傳了開來，她被校長哈根頓叫去，被指摘是階級敵人的間諜，是反革命的走狗、復仇主義的幫凶。彷彿她公開揮舞西波美拉尼亞的旗幟似的！事實很明顯：只有共產主義者的基因才乾淨健康。不過哈根頓也奈何不了她。她提出生物學上的證據，證明貴族透過目標明確的近親通婚，最後導致滅絕。當時她還不知道其他地方仍有國王統治。童話中的人，捷克兒童電影中的人物。不過，到頭來祖先數目減少(5)是不爭的事實。他們可以繁殖賽馬，但無法培育王位繼承人。這就是基因的單純。備受尊重的是血統，而非遺傳基因。畸形的雷旭克聽說來自天主教村莊，在戰前，環境封閉隔離，不受歡迎的特徵因此更受到強化。近親衰退首先顯現在嘴巴上，例如哈布斯堡皇族牙齦前凸，鴕鳥則有脆弱的鳥喙。國內育種動物仍為數不多，無法確知會出現什麼。目前只有來源不明的動物相互交配，一種蒙眼捉迷藏的遊戲。那不算育種。育種的前提在於來源清楚，知道卵細胞來自哪一個父母。即使沃夫崗人在一旁，至少雄鴕鳥仍自己交配。自然的交配。每隻雄鴕鳥和兩隻雌鴕鳥共同生活，元配和二夫人，三角關係。雄鴕鳥夜晚孵蛋，雌鴕鳥負責白天。事情可以這麼簡單。

她眼前躺著蛛狀指家族的系譜。先生和妻子。圓形和四角形，產生新的圓形和四角形。細長的線，重新再分岔。只有出生的孩子才算數。

沃夫崗也有兩個女伴。雙倍繁殖成功率。兩位妻子，三個小孩。兩個圓形之間的正方形。伊洛娜和她。她和這個女人一點關係也沒有，不過要和誰當親戚，是沒得挑的。同樣也無從挑選孩子，只能懷胎足月將之生下。血緣關係不承擔任何義務。考慮基因是不可靠的，不可信任它的自私自利。抱孫子的期望並不樂觀。系譜斷了線，一條死巷，發展上的絕對終結。克勞蒂亞已經三十五歲。話說鴕鳥也不會照顧幼鳥。在動物世界中，不會有星期天過來喝杯咖啡這種事。不用期待感恩心，也沒有退貨權。不懂得親近，也不懂體貼，彼此甚至不相似。減數分裂過程中的染色體分配純屬偶然。我們不知道自己會遺傳到什麼。

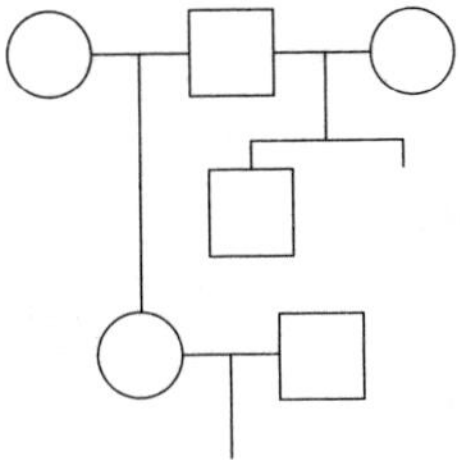

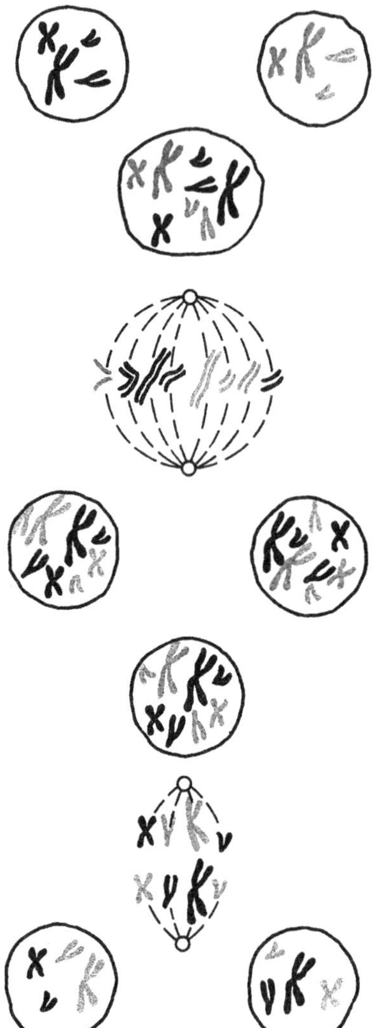

大部分的孩子和父母長得並不一樣，或許除了一、兩項特徵之外。剩下的全是誤差。眼睛顏色的遺傳受到多基因支配，頭髮更是複雜，全然無法事先預知，只有事後歸納。克勞蒂亞亂翹難整理的雜亂棕髮遺傳自沃夫崗，淺綠色的眼珠則是來自他母親。她自己的特徵在這孩子的身上明顯不見蹤影。有次克勞蒂亞問她，她漂亮嗎？這個問題應該怎麼回答？妳看起來很有趣。寬臉，深色雀斑，牙齒有點咬合不正。說有趣還算善良了。皺巴巴一團，像胎盤一樣醜陋。這話誰說的？她的母親。究竟是不是這個女人生下了她，始終是個謎。沒有真正的證據可資證明。還是說，這話是她對克勞蒂亞說的呢？有時候她不禁認為克勞蒂亞不是她的女兒。雖然她出生時，她人就在現場。經過三十六個小時的陣痛，一天半的時間。生完二十個小時後，她不相信自己真的生了一個孩子，感覺一切不過是想像出來的。是場大騙局。只是一個脹大的肚子，肚皮底下什麼也沒有。或許是潰瘍，不是孩子。大家都說應該會生男孩，因為肚子非常大。她超過預產期兩週才被送進產房，護士在盥洗室裡將一條橡皮管塞進她的肛門。木板隔牆後面有兩間廁所，黑白色瓷磚，感覺像在肉鋪裡。冷水沿著她的大腿流下，沒有熱水，據說是停電的關係。夾緊，護士咆哮著，又把壺拿得更高，然後一直叫道：夾緊！她好想掙脫一切：水、屎、孩子。她的身體終於又恢復感覺了。三公分，有人說道。接著又說：還需要點時間。注射催生劑。就在她以為要生的時候，身邊竟然沒有半個人。沒有護士，沒有醫生，所有人都跑到兩張床外一名癲癇忽然發作的產婦身邊。全員退走，只剩她孤單地躺著。那名癲癇產婦完全不想接受她的小孩。

她神情嚴肅認真。艾莉卡。全神貫注，一再檢查答案。眼睛不安地瀏覽考卷，嘴巴念著個別的字。她陷入沉思，然後又在考卷上寫字。即使嘴巴開著，她依舊很美麗。日光燈又在閃了。熄滅。愛倫坐在黑暗中。可以了。反正時間也差不多了。

「時間快到了，開始倒數。」最後衝刺。否則他們只會讓事情變得更糟。

「還有十秒。」他們最後還是會隨便寫點蠢話進去，好讓考卷上有點東西。就是這麼簡單。她非常熟悉這種狀況。

「把鉛筆放下，手離開。」

又是一陣陣嘆息，不過他們仍舊乖乖聽話。大家筋疲力盡，氣力全失，宛如完成了什麼大事。無論如何，他們還算柔順馴服。這是迫使他們面對最新事實的最佳先決條件。她將舉高捲筒，放在架子上。黑色把手頂住了圖卷。鍍上膜的亞麻布，可以水洗，有點大，但是圖畫清晰又漂亮。孟德爾的古典遺傳學法則，沒有比眼前的圖表介紹得更加簡單且令人印象深刻了。兩種牛同型結合的雜交種圖表。顯性−隱性遺傳。彩色鍋(6)。最上方是黑白雜色的公牛，搭配紅棕色母牛。最後生出黑色小牛。但是一代再一代，驚人的事情發生了，特徵呈規則性分裂：十六隻牛，四乘以四的機會。彩色的雜交種。

「特徵消失又出現，受制於一定的法則，是能事先預測的。請寫下來：具備一個以上特徵的個體，只要兩種同型結合的個體交配，在女二代(7)時，會出現真正久續的新遺傳組合。」一切全顯現在女二代身上。回復到親代，回到祖父母那一輩。克勞蒂亞小孩的長相應該會更類似他的祖母，也就是她，而非克勞蒂亞。三和弦。三代同堂，這在以前司空見慣。她的孫子很可能會有她的藍色眼珠，顏色非常淺，幾無色素。她不知道自己這種眼珠遺傳自誰，照片上什麼也看不出來，因為笑容扭曲了臉部。克勞蒂亞嫁給某個講另一種語言的男人，一個陌生人。孩子可能不會回來，克勞蒂亞也不會在此建立一個家庭，不在新生地草原，不在邵爾蘭，也不在班卜格的兒子遷居的柏林近郊。等待，不會有結果，不需要付出代價，無須請示上級。但是，她應該會生個孩子。畢竟她結婚了。在另一個大陸上的孫子。十二個小時的飛行距離。她或許聽不懂孩子講什麼。她只懂兩、三句話，嘴裡像含了顆滷蛋，米老鼠之類的英文。克勞蒂亞每次總笑得樂不可支。克勞蒂亞身上逃跑的衝動，遺傳

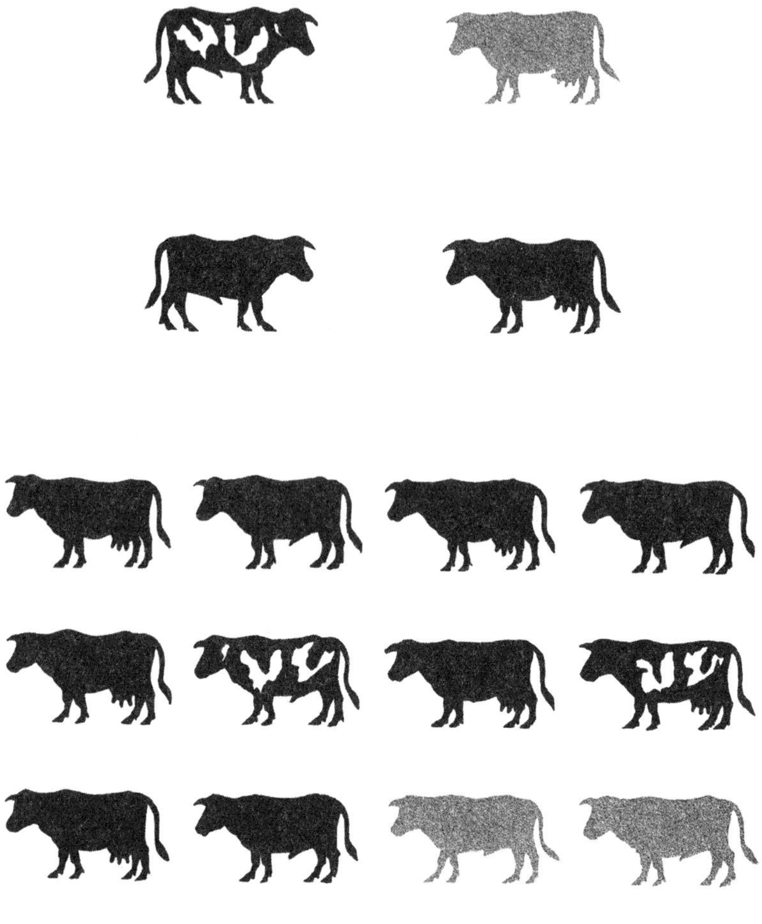

自沃夫崗。只要事情變得棘手，他便會步出房間。當年他也是這麼轉身走掉，留下伊洛娜和孩子。為了她而離開。現在幾乎難以想像。

「洛馬克老師？」

「是的，保羅。」

「為什麼叫作女代呢？」

「否則該怎麼稱呼？」

「嗯，」他來回擺弄著連身兜帽，「例如叫兒子代？」這得花點時間了。她站起來，靠著講桌。

「歸根究柢，男性對繁殖後代的貢獻微乎其微。想想看，幾百萬的精子與一個月成熟一次的大型卵細胞？」想想看一次匆忙完成的性交與九個半月的懷孕期？

「每個男人都是女人生下的。沒有兒子細胞，也沒有兒子代這種說法。繁殖是非常女性的。」

女孩們咯咯笑不停。在此點上，她們擁有更多優勢。

「為什麼男人不需要哺乳，也會有乳頭？」

一籌莫展。

「是敏感帶嗎？」是凱文。還會有誰。

「即使在受精時便清楚胎兒性別，胚胎基本上一開始都是陰性發展。Y染色體純粹是為了壓抑發育成女性而存在。男人，是非女人。」

大家耳朵一下子全豎了起來。現在，當下這個時刻，他們第一次瞭解一個真相。正如她所料。他們終於吞進她幾星期來撒下的穀物。若是在鴕鳥的小頭套上麻袋，牠們會安靜地聽從領導，要牠們做什麼都行。我看見你看不見的事物。如今只要緩緩收攏袋繩即可。

「大部分遺傳疾病來自X染色體。因此男性沒有任何補償，非常脆弱，容易生病，也比較早死。」幾乎引人同情了。事實上，他們還是有所彌補的。他們讓自己參與很多事情：發明和戰爭。祕密警察監視。校園中的談話。更改街道名稱。飼養鴕鳥。

外頭栗樹上盤據了一群烏鴉，吵著占據最佳位置，但是沒有一隻離開樹。牠們很聰明，懂得分辨敵友。鳥類為了能夠飛行，被迫犧牲腦容量，不過烏鴉不會啄掉另一隻烏鴉的眼睛。鴕鳥頭部雖小，卻不會飛行。沃夫崗絲毫不會想念克勞蒂亞。他已經習慣沒有孩子的消息。前妻的孩子當初也簽名表示不希望與他有所接觸。走在路上，他應該認不出自己的孩子。也無此必要。雙方沒有什麼話好講。他哥哥也一樣。他父親前一段婚姻的孩子。他們兩人長相酷似，姿勢、舉止也雷同。摩挲著鼻子，有點駝背。男人不一樣，他們不會照顧下一代。他們有自己的工作和嗜好：電腦、汽車、跳傘、滑雪、養鴕鳥。她的父親總是到森林裡打獵，可是她母親沒興趣扮演收藏家。這樣子，不可能長久相安無事。母親是個頭腦簡單的女人，性格冷淡，年輕時或許嫵媚動人，美貌後來卻成了冒失的固執。她受到良好的照顧，在醫院裡依舊梳妝打扮整齊。蠟般的光澤，宛如一位冰后。眼眸如波西米亞玻璃，藝術性高，精緻透明，沒有理由。幸好她已經過世了。

「牛的野生種叫什麼？」

只有一個人舉手。「是，愛倫？」

「原牛。」

「很好。」但很快又對她失去興趣。

「當今原牛生活在何處？」

模糊的不知所措。

「巴伐利亞邦。」說話的是凱文。但他自己顯然也覺得有點怪異。

「原牛已經滅絕了！死光了！被埋在地底了！永遠……比史特拉海牛還早滅亡。把這個記下來！」她血壓飆漲，得坐下來才行。

「牛是最古老、最有用的家畜！提供了牛肉、勞動力和牛奶。是的，一萬年前馴化牛之後，文明於焉展開。事實上，開化後的文明人類相當依戀被馴化的牛的乳頭。」嗯，這是個很好的概念，她應該也能教授哲學才是。桌面上躺滿粉筆，擺脫不了它們。但還可以經常洗手。

「育種，本身就是一門科學。一種朝著優良品質邁進的培育形式，特別強化精挑細選的特徵，壓制掉低劣的。人類挑選出產量高且容易處理的樣本，幫牠們持續雜交。例如以前普遍生活在此地的黑色斑紋乳牛。為了提高牛奶中的脂肪含量，讓牠們與丹麥娟珊牛配種。培育出來的後代又與荷斯登牛交配，目的是提高牛奶產量。最後目標是培育出新品種的牛。」通往社會主義母牛之路，長壽，產量高且強壯結實。一箭三雕。豐滿鼓脹的乳房，強健的肌肉。為了產乳，花費數年將之餵肥，結果培育出完美的兩用牛。萬能的選手。

「文化來自於培育！來自於育種繁殖和農業耕作。這點好好寫下來。而寵物是文化商品，活生生的紀念碑。個別物種若是滅絕，將永遠不會再出現。這和蓋房子不同。屋舍只要有施工計畫，就能在其他地方重建。」她以前一直很喜歡參觀宮殿，光線燦爛耀眼，建築富麗堂皇，高貴典雅，有白色的大理石和銅鍍玻璃。三樓有間雅致的餐廳，四人餐桌旁擺著木椅，椅上鋪了軟墊。侍者一律身穿同樣的衣服，貨真價實的制服。總有一天，宮殿會再重建。但是她童年時期的母牛，黑色斑紋乳牛永遠不會再出現了。只剩下一些冷凍精子。基因存量即將耗盡。

「兩用牛已經滅亡了。如今牧場上只剩荷斯登牛，純粹的牛乳生產者，真正的高效率乳牛。」分工作業普遍存在各個領域，連母牛也變得專業。

不過，課堂上的注意力又渙散了。他們無法深入思考，甚至是不思考。

又是她舉手。

「是的，安妮卡。」

「所以母牛不再交配了，對吧？」聲調出賣了她。這其實是無須回答的反詰句。她根本就知道答案，瞭然於心，純粹想贏得老師的稱讚。

「安妮卡，母牛本來就不交配。」母牛交配，頂多是向公牛展示牠們性欲非常強烈。

「妳真正的問題是什麼，安妮卡？」

眉頭皺成一團，嘴巴張著。喏，看來她覺得很尷尬。「欸……我指的當然是牛啦。所以牠們不再進行真正的交配。」

「是的。」

課堂氣氛變得興奮。

「幾乎不再自然性交。運送公牛到地方上，所費不貲。母牛是由授精人員進行受精。」

「幹牛的人。」最後一排傳來細弱的聲音。是費迪南。現在輪到他了。她緩緩從走道直接走向他。

「不是啦……我說是人工授精技術人員！」不能怪他。一旦生殖腺開始發揮功用，便會產生性衝動。如果無法縱情享樂，只好打嘴砲聊表滿足。

再次穿越走道回到前面黑板。

「右手探入牛的肛門，尋找子宮頸口，左手將裝著精子的注射管插入陰道，小心翼翼推向子宮。」她邊說邊示範，手臂動作帶著某些暗示。受精是門手藝，分娩是項勞動。

女孩露出噁心的表情，男孩則是一臉不可思議。

這是真正的啟蒙運動。不是談論前戲和身體結合的胡鬧言論。溫存、堅硬的生殖器、射精。性器官的構造和功能、敏感地帶。衛生學、疾病、預防。性是人類行為，青春期是性的發展階段。床是社會最小的基層組織。

「為了取得精子，種牛一週有三次被帶進射精室，然後將牠的鼻環固定在棍棒上。」凱文完全不動聲色。令人敬佩。他表現得很好，甚至連鼻孔也沒翕張。

「在射精室中，牠的伴侶早已等在那兒，一頭安靜的動物。種牛爬到牠身上好幾次。那不是頭母牛，而是公牛。」若是母牛的話，情況會變得棘手，破壞雜交。但站著的公牛就不會有事。反正只要遠遠看起來像臀部，種牛就會不分青紅皂白撲上去。甚至自行車上可調整高度的座墊也不放過。

「種牛只需要兩、三起盲目躍起，便會變得非常亢奮，撥出陰莖。技術人員這時便將陰莖插入人工陰道。」事先預熱過的橡皮，正確的溫度，理想的壓縮力，立刻射精。頂尖的捐精者，也是頂尖的掙錢家。世界上高品質的種牛為數不多。

「精子經過百倍稀釋、冷凍後，被送到世界各地。這是一系列信號刺激最有效率的剝奪。」拱門反射(8)。種牛盲目跳躍時，頭部和胸骨會觸碰到公牛的背部，因而產生觸覺亢奮。交配反射的高潮。「不需要情感，一切自然而然、完全自動。」

目瞪口呆。是的，有太多不可控制之事了。顯然真正的情感無非是信號刺激罷了，打嗝、打呵欠時直接從喉嚨噴出的液體，抑或是某種經過活化或停止分泌的腺體。運轉中的機器。荷爾蒙波動。化學反應。物種維護。分娩過程不過是受制於荷爾蒙的母子分離。

「牠們是同志還是什麼？」是保羅。笑容完全不算是一種表情。

「你自己才是同志。」當然又是凱文。

新的課程計畫中，認為同性戀是一種性行為變體。寫得彷彿性生活需要什麼變體似的！

「人類的繁殖只有一條路，亦即將遺傳訊息傳遞給下一代。你們還記得草履蟲吧！牠們的情形又是如何？草履蟲兩種都有，無性分裂，以及接合生殖，就是兩隻草履蟲彼此相列，透過胞間絲交換微小的細胞核。性交可說是草履蟲發明的。而性交有什麼好處？修復基因型，更正可能的錯誤。重組！遺傳學上的多樣性！這是關鍵性的優點。單性生殖和自體受精只適用於較低下的生物。所有複雜一點的有機體都是透過性交繁衍下一代。」

現在可以把燈關掉，日光夠充足了。

「有機體最重要的任務在於，盡可能大量繁衍能夠存活的後代。重點只在傳遞遺傳因子。」從細胞到細胞，從一代到下一代。不惜任何代價，確保其延續性的核酸、巨分子，傳遞訊息。生命體都希望活著。即使是自殺者，在最後一刻也會後悔自己的行為。

物種只產生出與自己同類的下一代，這點著實不可思議。牛生牛，種麥得麥。不管是鴕鳥、蝸牛還是人類，都是從幼蟲般的胎兒發育成與親代一樣的生物。繁殖的本能欲望強大又劇烈，關在一起的老虎和獅子也屈服其下，交配後生下不孕的雜交種。

「從性別的構造差異來看，只有一種強制性過程：鑰匙必須插入鎖孔裡。」如今直腸不再屬於性器官。同志疾病。那真是最聰明的病毒，其策略完美又獨特，只攻擊保護身體免於感染的免疫系統。毛骨悚然之物。我床上的敵人。唯一確鑿無誤的是：死神也會隨著性來到世界。她必須額外為了這堂課，學習將保險套套進掃帚柄。橡膠套在木頭上。多加練習後，她定能精確展示使用方法。她從未使用過這類東西，也沒此必要。她以前服用避孕藥，後來這樣做不再值得了。荷爾蒙污染了地下水，讓男人變得柔弱。

「現在請將課本翻到八十九頁。湯姆，請你念一下。」

安妮卡一臉不高興。領頭羊感覺受到了侮辱。

「請選擇，下列哪項……特徵……」

念得結結巴巴。

「……變化，與突變……」

困難的詞。

「……或飾變有關……」

絕對沒有閱讀潛力。

「……並請闡述你的理由。」

教科書為什麼用「你」而非「您」呢？

「謝謝。現在各寫各的。請將答案寫在筆記本裡。」

雀斑，動物冬天時的皮毛，健身者的肌肉，亞比西利亞天竺鼠。突變還是飾變？基因程式還是環境影響？內在還是外在？

欣喜若狂的尖叫聲。

「喔，天竺鼠。」打從心底發出的聲音。看到幼稚愚蠢的齧齒類動物，總是會有人發出失控的興奮叫聲。這次是勞拉。

天竺鼠是毫無意義的育種，突變的異種，地球上沒有一個生態系為牠保留位置。克勞蒂亞十二歲生日時收到了一隻，是一個長得很漂亮的朋友送的禮物。但實際上是一種勒索。

她的天竺鼠名叫佛萊迪，據說是公的。後來佛萊迪逐漸發胖，生了兩隻天竺鼠。沒有一種脊椎動物在確定性別上比人類還要容易的。不過，對於從前面看和從後面看都一模一樣的動物，有什麼好期待的？幸好生出來的是母的。這種寵物三週就已性成熟，而且不懂得亂倫禁忌。佛萊迪體毛是灰色帶深棕色的斑紋。基本款花紋。小天竺鼠則出現因餵養過度而顯露病容的特徵：淺黃色毛皮，臀部深黃，毛髮一束束凸出，身後像拖著長裙，裡頭沾了小糞污，發出臭味。臭氣薰天的兒童房。幸好佛萊迪很快便死於腦瘤。他們將遺體埋在新屋後面的車庫。小隻天竺鼠則送人。

孩子和寵物，結局往往不好。送動物給孩子，是虐待動物中特別背信棄義之事。絕非訓練孩子的社會能力，而是攸關著生與死。動物成為兒童無限權力的階下囚。孩子並非一派無辜天真。他們為所欲為，毫無保留地老實，毫無保留地殘酷，如同大自然一樣。寵物早晚會死，但大部分死得早一點。如逃飛的虎皮鸚鵡。被孩子大力壓扁的倉鼠，死後軀體變得僵直，孩子因而發出震天價響的尖叫。玩具被玩死了。但孩子看起來並不悲傷。還有倒斃在拼貼地板上的金魚，被扯斷的蒼蠅腳，被五馬分屍的青蛙。但沒有一份報紙刊登這類事情，只報導被羅威納犬咬傷的嬰兒。然而，孩子的行為實屬自然，是狩獵本能。

小時候一放假，她經常到祖父母家。他們有塊農田和一處小林地，是土地改革的受益者。庭院裡，白雞四處啄食。在木板隔成的雞舍裡，雞杵在竿子上一個挨著一個，宛如遭受強權統治，不得亂動。畜欄裡有頭母牛和幾頭豬。窩在稻稈裡的母豬宛如死了似的。在紅外線燈光照耀下，仔豬緊緊相依，擠蹭著母豬乳頭。體型龐大的母豬壓死小豬的風險始終存在。到處是動物和孩子，鄰居家的小孩和孫子輩都來湊熱鬧。孩子和乾草，孩子就像乾草。空氣中飄散著畜欄的味道和雞舍的熱氣。他們從稻稈中偷出新鮮的雞蛋，直接從蒸籠中拿要餵豬的馬鈴薯吃。還把手掌攤平，伸進小牛嘴裡。吸吮反射。也在火雞前嚇得拉屎。火雞頭部的肉疣，像猥褻的頭飾，彷彿頭上頂著生殖器到處閒晃。還有兩隻貓，多數時候都處於懷孕期。祖父將貓仔放進裝了石頭的袋子，淹死在雨水桶裡。後來則直接幫貓墮胎。小貓的眼睛甚至還沒長好。

「你們誰家有養寵物？」現在正是機會。飼養動物始終大有人在，即使過了性成熟的青春期也一樣。不過，那些寵物一定有毛皮和乳頭。

八個人舉手。

蝸牛的話，她問都不需要問，他們眼裡只有狗和貓。人類馴服了最凶惡的敵人。將狼

降級為卑躬屈膝的奴性生物，從森林帶進狗窩，成為毫無尊嚴的隨從。等到人類厭膩流著唾液的忠實動物，便把貓也帶進了屋子。只因為牠們從飼料盆裡吃東西，就認定已將之馴養。舒服的咕嚕聲不過是一種煙霧彈。唯一的挑釁行為體現在沙發抱枕上。雄貓的陰莖上有倒鉤，一點也不令人意外。

學生不停彈著手指搶著發言。他們想都別想。她現在得想辦法縮短話題，畢竟這堂不是動物諮商課。

「啊哈，瞭解了。謝謝。」

「妳呢，艾莉卡？」她沒有舉手，整堂課也未發一語。

「我的寵物死了，暑假的時候。」客觀中肯的聲音。但是那目光，那依戀的雙眼，飄渺遙遠。

「原來如此。」

這不是她期待的回答。

艾莉卡轉過目光，肩膀高聳。一隻受傷的動物。無性繁殖的優點在於不會留下屍體。草履蟲很可能是永生不死的。她有次被允許挑一隻小貓，唯一的一次。那是一隻有紅色斑紋的黑貓，最漂亮，卻非最強健。八天後，貓就死了。

現在必須轉換話題。

「請別忘記：除了遺傳之外，還有環境的影響。基因型無法改變，但是表現型會根據生活條件的不同，出現南轅北轍的差異。有機物的形態不光靠遺傳物質決定，ＤＮＡ只提供了先決條件。」基因相同的豌豆在不同的土壤中，發育狀況亦有所殊異。

有個人舉手。

「是的，泰貝雅。」

「就和星座一樣。重要的是自己能從中做出什麼。」當然了，星星銀幣(9)。不僅愚蠢，而且冒失莽撞，完全在狀況外。

她轉過身面對窗戶。烏鴉已經飛離無蹤。

「並非每個想法都值得表達。」再度轉身。

「泰貝雅，如果妳想繼續留在文理中學，請妳日後仔細想想自己是否能對課堂有實質的貢獻。」

直視她的臉。

「而且開口前請三思。」

至少現在封住她的嘴了。

「請找出你們的血型，還有父母的，以及Rh因子。」

下課鐘響起。

「下堂課見。」

等著瞧，看之後是否又會有個孩子從此沒了父親。這點她相當篤定。教學計畫裡什麼都記載了。而且比起教科書中在產房被換錯嬰兒的作業，更貼近生活，更加契合實際狀況。之後一定會出現強制性的親子關係，絕對可對此一真相寄予厚望，對孩子也一樣能寄望。

班卜格那女人有次告訴她，她那俊俏的兒子不是她先生的種。坐享其成。挺著九個月肚子，可讓人感覺穩當又強大有力。女人不僅掌控繁殖大事，信息不對稱也一樣握在手裡。班卜格的兒子一點也不俊美，他比較像是美好時光的回憶。而她自己無論如何是生不出第二個孩子了。當時一生完，他們馬上就告知她這一事實。克勞蒂亞是Rh陽性，她是Rh陰性，會形成抗體。他們一個孩子就夠了。即使微小，也仍有其價值。沃夫崗的名言。她不需要像班卜格那樣留個紀念品。

「你們可以下課了。」

全都一窩蜂衝了出去。艾莉卡呢？她在等什麼？只見她緩緩走過教師桌，似乎是故意為之。

堅定的目光。綠色的眼眸。

「謝謝。」聲音非常輕。

「不客氣。」她絕對不會把這事告訴任何人。

帝勒在教師休息室裡，孤單一人。

「沒有課嗎？」

他抬起手，看似拒人於千里之外。

「沒有，我現在空堂。十二年級今天前兩堂是職場見習課。」

他們在這種課中學些什麼？或許是參觀勞工局，學習填寫哈茲方案（Hartz-IV）失業救濟申請表。她將一堆考卷丟在他旁邊的位置上，最上面的一份是艾莉卡的。稚嫩的字跡，大且有稜有角，幾乎沒有圓弧形。她幾乎全答對了。她要把這份試卷保留到最後再改。下一份是雅各柏。紅筆在哪裡？帝勒面前躺著報紙，卻埋首吃著麵包，頭一上一下動著，心不在焉瞪著虛空，看了簡直讓人發瘋。

「那，妳剛才上什麼課？」他百無聊賴地問道。一隻被遺棄的動物，值得憐憫。

「九年級的生物課。」

「嗯。」點頭。他看起來狀況很糟。放秋假之前，卡特納拿走了他的小房間。據說是某種再利用措施，但毋寧說是強制遷移。卡特納最近這段期間表現得非常強勢，還不准她將輸掉運動競賽的人寫在體育館的黑板上。不這麼做，下課後誰來收拾墊子和器材？

「我要帶十一年級。是的，十一年級給了我。教最新的歷史，內容幾乎和社會學不相上下。妳知道嗎，根本沒有什麼真正的歷史。歷史，應該是清清楚楚。但一切不過是昨天才……」

三十分當中，雅各柏已經扣了十分，而她不過才改到第三題。

「妳呢？」

他靠了過來，拿起一張考卷，仔細鑑定了起來。

「啊，遺傳學啊……孟德爾之類的。」他似乎心事重重。

「妳知道瘋狂的是什麼嗎，英格？」他又放回考卷。「我在學校根本沒上過遺傳學！只學過米丘林和李森科(10)。」

「喔。」園藝之神和赤腳教授，後裔突變和奧德薩（Odessa）的小麥。

門打開，麥哈德走了進來。他點點頭，然後坐下，沒發出什麼噪音。就他的體重而言，實在不可思議。帝勒攤開報紙，她在考卷最後的題目底下寫上分數。第一份改完。下一位，湯姆，頭腦笨得跟硬麵包一樣。她如果動作快點，下課結束前應該可以改完。

帝勒忽然噗嗤一笑。「米丘林發現果醬裡有脂肪。」

這點她也知道。

「所以我們以前每餐當中，都有一桶一桶的果醬。」他們一唱一和，反應靈敏。少年先鋒隊(11)的〈兩隻老虎〉（Bruder Jakob），兒童營之歌。從紙桶舀出四種水果製成的果醬，從垃圾桶舀出山楂茶。向蘇聯學習，稱之為學習勝利。人的一輩子就這麼被影響著。

「我們什麼都有，學校菜園和米丘林社團，甚至還有農學家俱樂部呢。」他瘦骨嶙峋的手滑過桌面而來。

「米丘林，沒聽過。那是誰？」麥哈德的反應很遲鈍。

「米丘林培育出數百種水果品種，抗寒，產量高。」

有些甚至美味可口，如冬季乳脂梨和重達一磅半的安東諾夫卡蘋果。

「是的，他簡直把所有東西都拿來雜交了。」帝勒情緒興奮。「草莓和覆盆子，杏仁和桃子，甚至是南瓜和甜瓜。有人說那叫作不同植物種類的戀愛結婚。」

根本不是戀愛結婚。有機物被迫雜交，應該叫作逼婚。水果和蔬菜，徹頭徹尾不道德。

「你們知道他怎麼死的嗎？」帝勒說完，自己未雨綢繆先笑了。

老掉牙的笑話。「我知道。從一株自體培育的草莓上摔死的。」

「沒錯！」帝勒笑聲沙啞，接著爆出一陣抽菸者常有的咳嗽。他的胸腔劇烈起伏著。

麥哈德似乎仍沒什麼感覺。

她把紅筆放到一旁。

「米丘林最大的成就在於，幫每種經濟作物找到合適的嫁接植物。」後裔突變。混合種子，某種形式的嫁接。他的原則甚至在學校大受歡迎，被加以運用：在笨蛋旁邊安放勤奮向上的學生，希冀笨蛋學生受到正面的影響。老師成了園藝家。難怪學生都是幼苗，學校因而成了苗圃。剷除雜草，期待收成。總有一天。只可惜聰明者的腦袋沒在愚蠢的身體上生根增長，嫁接徒勞無益。應該使用誰的頭腦？她也不希望班上有安妮卡那種人的頭腦。從櫻桃核要茁壯成一棵大樹，需要永恆的時間。插條越多，收穫量越低。馬坦斯家小孩的頭也非常小。

麥哈德拿出他的餐點麵包，彷彿已經瞭解狀況。但他其實毫無概念。

她話還沒說完呢。「當時的人相信，只要徹底觀察植物的生長條件，便能改變植物。於是他們開始研究白菜、馬鈴薯和小麥的需求。一切的作為，無非是希望產生新的優良品質，而且理所當然是符合他們期望的品質。」唯一的妥協和反作用。培植小米，取得麵包。土地就是實驗室。植物為了實驗而被閹割，以防止它們自己授粉。農夫大軍以鑷子和毛刷為武器，前進田地，除去花蘗，為植物進行人工授粉。一群蜜蜂。

「結果也成功了。」帝勒一本正經說：「那個 Jarowisation。」

她多久沒聽過這個詞了？

「小麥的春化作用。」

播種前就讓穀物進行春化作用。二十四小時用黑光燈照射種子，再浸泡在大圓木桶裡，存放於大型倉庫，零度以下的氣溫中開窗通風。

麥哈德邊咀嚼邊點頭，但看不出來他是否聽懂。又何必呢？他在成長過程中，又沒經歷過生產互助小組的年代，根本沒參加過收割，也沒度過馬鈴薯假期(12)，一定也沒下田耕作過。他根本聽不懂他們的談話內容。

「粗略地說，那時候只要事先將麥芽放進冰箱，就可以拿到西伯利亞栽種了。」

「瞭解。」

看不出來。

「但事情並非如此運作。即使某一項成功了，耗費的金錢也遠大於收益。」

「根本不是這麼回事。」帝勒回答，處於戰鬥的情緒中。

「唉，得了吧，李森科毫無所獲，更別談有創造力的達爾文主義。只不過是集體農場生物學。自然法則一點效用也沒有。實驗被美化了，而且蔑視基本理論知識。理論淪為次等。」

「但是理論非常健全！」帝勒當真這麼想。

「那不過是理論而已。」

「喏，不然呢？」他被惹惱了。

「哎哎，萬有引力也只是種理論啊。」麥哈德試圖緩頰。

「說得對，我的朋友。」來自長者的稱讚。智者帝勒。

想得倒好。真是弱智。「是的，但顯然星球是依引力運行的。現今不存在沒有實驗基礎的理論。」

「有的、有的，那就是數學。數學中，就存在不知道有何好處、卻知道那是正確無誤的事情。」

彷彿那具有意義似的。純粹是自衛本能。

「數學始終值得信賴，是無懈可擊的正派科學，最為精確可靠！」

老天！百分之百的狂熱分子！在這次簡單的學術討論後，他們就變成為了擁護自己的信念不惜犯罪的人。

「而且容易修正。」這句話她就是無法忍住不講。至少數字比費迪南的鬼畫符容易辨識多了。

真想不到，麥哈德竟也能面露不悅。

「至少數學中沒有偽造的贗品，那是……」

「李森科才不是偽造者。」帝勒此時完全失控了。「他或許沒有那麼多的概念，但是他有願景。要在極圈種植穀類！大自然的改組！讓全世界都有麵包吃！你們不要忘記：我們是第一個上太空的，我們領先一步。」

帝勒的課題。黑光燈照射和太空旅行，兄弟之邦。航向太陽、月亮，航向西伯利亞的麥田、中亞的甜菜田、大草原上的草莓園。從集體農莊進入細胞。請跟我走在米丘林小徑上。一條錯誤的路。一株莖上結出更多穗的小麥。事實明擺在眼前：如果夏季生杜蘭小麥能夠轉變成冬季生杜蘭小麥，為何小麥無法變成黑麥，雲杉無法變成松木？「這樣說也沒錯。但是一定要扯這麼多廢話嗎？那為什麼不說：細菌變成了病毒，植物細胞變成了動物細胞，或者可以從死掉的有機物質身上取得細胞，從蛋黃取得血管？要不然就是馬鈴薯採取行列交錯的栽植方式，還有豬圈？開放式的牛欄呢？據說那是畜養動物最天然的方式。真是笑掉我的大牙！實際上，畜生窩在自己的糞便堆中，在冬天迎接死亡。無產階級的生物學或許想要邁向實際，卻一點用也沒有。」割掉了動物的尾巴，牠們到目前為止也還沒生出無尾的後代。實驗需要時間，下結論需要時間。所有一切都需要時間。但是誰也沒有時間。人們冀求快速的結果。充足的收成，桌上有麵包，累累的麥穗和產量豐碩的乳房。

小隻的娟珊公牛搭配肥壯的科斯特羅馬母牛。他們想將糞便變成黃金。

帝勒嘆了口氣。「馬克思–列寧主義最重要的方法，就是探究事物的背景與原因。」

「真的嗎？我還真沒想過。」麥哈德真奇怪。臉上無毛，耳朵裡卻長了一堆。若是太早閹割雄獐，牠們只會長出獸角肉瘤，而非真正的鹿角。

「妳說得沒錯，英格。太多內容純屬宣傳。我們根本不需要那些。」

先是據說美軍為了破壞收成，從飛機上丟下的馬鈴薯瓢蟲，當時一隻可賣一芬尼，大家把果醬罐裝得滿滿的。還有那忽然之間遍地種植的玉米，以及被氮污染的土壤？莖稈上的麥穗。愚蠢透頂。到目前為止，還沒人看過單株小麥稈上結更多株麥穗。米丘林的農地荒蕪貧瘠，炙熱夏日高溫下的乾涸田地，最後被麻雀吃光了種子。他們從中學到什麼？麻雀是最主要的經濟害蟲。收穫量基本上取決於正確的播種。若一項實驗無從施展，就必須斟酌如何為其建立正確的論述。這是他們遺傳學教授發現她死掉的果蠅時所說的話。大家都明白他的言下之意。直截了當。往正確的方向一推，整件事就能正確展開。不適合的事情，就恰如其分地進行。萬有理論(13)之後，緊接著是言論限制令。「在布達佩斯，他們甚至摧毀了整個果蠅培養。摩根(14)主義的象徵。」

「可以了，洛馬克。妳的美國資本主義遺傳學贏了。」

那才不是她的遺傳學。在生物學中，顯然也免不了門第之見。

帝勒不再說話，雙手抱胸，將自己封閉起來。他總認為所有的事情都是衝著他來的。

麥哈德雙肘支在桌上。「我不明白的是，遺傳學有什麼好資本主義的？」

目光投注在帝勒身上。問題應該由他來回答。

「哎呀，因為主張一切都是天生稟性……」

帝勒手裡把弄著鑰匙圈。

「……人生是天注定的。命運的戲碼：富者恆富，貧者恆貧。中產階級的狗屎。」

又是那一套。

「社會改造不會在自然面前止步。自然是社會的一部分！同樣必須加以改革。一旦改變了環境、習慣風俗，早晚也能改變人類。本質決定意識！這點昭然若揭。」

鑰匙掉在桌上。

「我的意思是，有點像種內競爭(15)……唯有日日運作競爭的社會，才得以維持此種狀況。那可不是什麼自然法則，而是資本主義世界觀的競爭！」他又激動起來，耳朵都紅了。

「啊，帝勒，我們彼此都在自欺欺人，否認有不同類型的人存在的事實，好人和壞人，懶惰者和勤勞者。沒辦法簡簡單單就讓農夫小孩成為大學教授。教育不是一切，更不是生物心理社會學的單位。我們在最後這些笨蛋身上盡了最大努力，整個暑假和他們拚命死記硬背，免費的課後輔導。但是社會主義取得了勝利，這事並不像萬有引力那般明確肯定。」

帝勒向前傾身。「然而大部分仍是成功的。那位女海洋生物學家是怎麼說？她也來自一個叫馬坦斯的家庭。」

「沒有那麼多小孩，更多的是酒。」規則中的例外。

「除此之外……」帝勒站起來，將椅子推進去擺好。「……如果只能教授萬無一失的知識，那我們可以關閉所有學校了。」

「但是數學……」又是麥哈德。

帝勒舉手阻止他。「夠了。你會學到生命中還有比愚蠢方程式更重要的事物。有件事我可以告訴你：現實，世界上發生的事，總是反覆無常，無法揣度。忽然間某處有顆炸彈一爆炸，我們馬上陷入下一次世界大戰。」

他雙手撐在椅背上，一副要大發議論的模樣。「我們應該做的是，超越現有的狀態，消除資本主義的社會形式。」

「可是人力無法超越自然。」他沒有看清這一點。他逐漸讓她感到煩躁。她晚一點才能改完考卷了。

「如果自然是資本主義的話，當然可以！」無可救藥。算了，識相一點。公牛年紀越大，就會變得越古怪。

麥哈德哀嘆一聲。「天啊，你們幹嘛老是這麼認真。」

「小子，你在這兒多久了？」帝勒又坐了下去。審訊的姿態。

「一年半。」語氣驕傲自得，彷彿這裡是西伯利亞似的。

「然後呢？你喜歡這地區嗎？」

他從未問過他這個問題。現在為什麼突然感興趣了？

麥哈德猶豫不決，滿臉猜疑。不令人意外。

「啊，我不知道。還不錯。我是說很好。一切尚未完成。」

「你看吧！」他豎起食指，像個陳腐的老校長。「因為這兒是烏托邦。」

共產主義者的夢想。對於未開化的東部的幻想。他現在真的有如脫韁野馬，一發不可收拾。人人享有財富，得以享用藻類麵包。四海一家。極圈的冰帽融解，沙漠有水灌溉，熊可馴養。地中海排掉水。癌症消失，沒有老化，沒有死亡。總而言之，那比拍賣太空旅行、比複製一隻羊更加奇特滑稽。春季時，他們才培養出一個雜種胚胎，人和牛的混合體，但經過三天、五次細胞分裂後，又把它摧毀掉。超人，不過是早晚的問題。人無法禁止心智思考。在可預見的將來，或許真的能將聰明者的腦袋嫁接在笨蛋的身體上。「你的口氣真像卡特納。」

「啊，他呀。我告訴你們，卡特納會幹掉我們所有人。一個接一個。最後只剩他一個人教書。」

陰謀策反的眼神。

「我會留在這裡！直到水管裡的水變質。」

他闔起報紙。

「還有一點：此時、此刻，或許稍微有點倒退。但是下一代將證實我們是對的。那是未來的歷史。只需要長出一點能遮蔽身體的草，就又敢匍匐前進，發動一場真正的革命。」

他往後靠。「這種課本根本沒辦法用來教書，裡頭將『轉折』(16)當成革命給賣了。匪夷所思。

一切都被污染了。」

「現在和當初沒有兩樣。」這是實話。

帝勒又站起身。

「英格，當初我們是有理由的！是有意義的。但是現在……兼併被稱為和平革命——革命！妳好好想想。」他的嗓音此時變得有點刺耳。「笑死人了。沒有流血，那算什麼！需要權力，才能真正推動某些事情。如今沒有人理解何謂戰鬥了。為國家而戰，為正確的事情而戰。拋頭顱，燒毀障礙。」他已經走到門口。「今日不要臉自稱為革命的一切，才是偽造歷史！」不可救藥。他丟下這最後一句話，把門關上。他究竟要去哪？休息時間早就結束了。

所有人在校園夾道排成兩列，根據左邊高年級、右邊低年級的順序排好。他們約莫依著高矮，沿破碎的鋪石板邊緣比肩而立。老師站在班長旁邊。正如預料，安妮卡贏得班長的選舉。她背部挺得筆直，已做好戰鬥準備。無論如何，態度至少冷靜沉著。她應該可以成為優秀的自由德國青年黨(17)的祕書。現在就差大家沒手拉手，如同他們當年沿著九十六號聯邦高速公路形成的人鏈。東、西兩德形成的偉大交集。莫名其妙。她不再能理解那究竟是為了支持什麼。或者，要反對什麼。這是參加各種大型活動釀下的慢性傷害。唯有紫丁香、大理菊或芍藥等花朵的種類，透露目前是五一勞動節、國慶日或是教師節。

典禮官現身了。卡特納邁開大步，快速經過學生和老師排成的走道，站到主樓大門最上層的階梯。

他從公事包掏出一把槍，大小如女用手槍，手往空中一伸。那表示必須把頭縮起來了。今天是卡特納對大家發表談話的時間，每個月第一個星期三的下課後。

事實上，他原本想使用定音鼓和小號，打算每次先由小軍樂隊吹奏樂器，揭開序幕。幸好他們還能說服他打消念頭。真是千鈞一髮。最後，她出了個主意，建議他星期三的精神訓話使用夏季運動會中的發令槍，對空鳴槍表示開始。起跑訊號聲，響聲震天。

「各位親愛的女同學……」故意停頓一下，「……以及親愛的男同學。還有，絕對不會忘記的：我非常尊敬的同事們。」

這個人永遠如此誇張，臉上還露出售貨員的職業笑容。牛無法做出表情，只能透過身體來理解彼此。

「學校是個——這就是事物的本質——轉變中的場所，一個變化中的地方……」

升旗典禮開始。只不過這裡沒有旗幟，但有許多呼籲(18)。讓百花齊放，讓數百位學生彼此競爭。

「各位在這兒學習外語……」

她若是瞇起眼睛看，卡特納的頭不過是玻璃門前的一個亮點。一切看起來如同以前二十馬克上的校門，那綠色的小小紙鈔。上面的孩子在下午時分開心地蹦蹦跳跳步出校門。他們穿著短褲，拿著便當盒，身後背著顯然日漸沉重的背包。樓梯距離玻璃門有好幾階，是班級拍攝團體照的地方。克勞蒂亞入學那年，糖果袋上方露出她的缺牙。她站在最後面，第三排。成長。她比較想要個兒子。偶爾她會夢見一個小男孩，大約十歲，有一雙憂鬱的瞳眸。臉埋在她的大腿裡，像隻幼犬。身上散發松樹和海風的味道。

「……在這兒認識流傳下來的文化和歷史的準則。」

他從哪兒抄來這些話？有人在聽嗎？麥哈德那張月亮臉。風衣外套最上面的鈕釦開著，看起來像德高望重的婦女。帝勒呆杵著，低垂著頭，彷彿正在參加喪禮。學生們安靜得不可思議，從未見過他們如此乖巧。

班卜格帶著十二年級的學生踏步走來，選定適當的位置。每個人腋下都夾著一本綠色的書。

卡特納故意忽略，不為所動地繼續說。「……你們在此熟悉自然科學的基礎。」

那是什麼氣味？面向廁所的窗戶已經關了呀。像是嘔吐物的味道，奶油的酸味。校園裡有人吐了嗎？酒精中毒。大家都抬高了鼻子。

「人文主義式的文理中學，是我們自由－民主基礎制度的成就。」

人文主義，那是個罵人的詞。

他身後那道牆上有片又大又白的污痕，是粉刷塗鴉後留下來的。重點是，現在大門牆面又乾淨了，又可以寫上標語了。

「因為只有在自由、民主的社會，知識才得以傳遞，那……」

一切不過是同樣的東西。拿走自由和民主，以社會主義取而代之，不外乎是想進行全方位發展的人格教育。處於核心的始終是人。

以前，孩子被教育成力爭上游與性情溫和之人，今日則是自由的人。然而所謂自由，無非是洞察了必然性。沒有人是自由的，而且不該如此。而義務教育，是由國家進行的剝奪自由行動，是文化部長會議策畫的陰謀，與傳遞知識無關，而是要孩童習慣標準的日常課程和支配於後的意識形態。是確保政權的安全保證。監視學生數年的時間，以防止最壞的事情發生。文理中學成為達到法定年齡前的自修之所，培養奉公守法的國民，溫馴聽話的臣屬。退休系統的補給品。

「……分析。詮釋。自主行動。判斷能力。批判思考……」

她十分熟悉。這社會始終允許批判思考，不過必須忠於黨國。正是由於處在病態系統中，人才必須注意自己的健康。而健康的核心是適應。

「……尤其是創造力！」

現在還加上這空洞的言論。創造力如神祇一般，不可測量，不可證，換句話說，並不存在，是失敗者緊抓不放的幻影。無能之人，怎麼樣都有創造力。而現在重點是，那個史旺涅克一臉幸福沉醉，彷彿他在全體人員面前授予她勳章似的。

「將知識分門別類成單一獨立的學科，不過是權宜之計。所有科目到頭來還是彼此雷同。」

所以呢？到底在講什麼？人類彼此本就相似雷同。人一出生，就陷入逃不出的圈套，在其中摸索。他們都是有父有母的生物，生命中有好幾年交在這兩個人手中。因為長久被剝奪自由，便養成了依賴。杜勒野兔(19)寧靜的午睡。牠的長鬚，黑色眼睛裡的十字窗框，四足併攏，做好準備。適應了之後，往往很容易誤以為那是一種親密。加熱過的牛奶表層上那片噁心的薄膜。斯德哥爾摩症候群。而他們唯一留下來的是遺傳組成。

「我們的學習不會中止……活到老，學到老……不是為了學校，是人生……」他真的善用了行事曆上的格言。現在只缺列寧的話了：學習、學習，再學習。臭味並未消散，看來最好經由嘴巴呼吸。

「……我們一輩子都在上學、永不間斷地學習。」

他們的確如此。但是那有什麼好處？畢竟面對最大的挑戰，人根本無法做好萬全準備。被生於世，成長茁壯，新陳代謝，年華逝去。這些根本無法學習，全是自然而然發生的。父母為什麼會結合，對她而言始終是個謎。兩個人出於無法解釋的理由，夜夜同睡在一張雙人床上。無可奈何。他們從來不算是伴侶，也從未成為伴侶。父親很早過世。就這麼倒下去，彷彿沒有勇氣從他始終漫長曠時的某次林間散步中返回。她時常和父親一起出遊，觀察動物，採集菇類，帶回家給心不甘情不願的母親料理。他們將找到的羽毛全塞進袋子裡，好在春季倒在草地上，給燕子築巢用。她有次獲准跟一大群獵人去打獵。她拿短棍敲打樹幹，將野豬趕到獵槍前，趕到藏身灌木叢中、領有打獵執照者的步槍前。黨員，父親同事。那是他職位的特權，黨地區領導。不過，母親並不清楚他真正的工作內容。

「……我們生活在知識社會中，教育是最高的資產……」

所以總是要投資教育。打算讀大學的人，一定會離開此地。教育的本能是生殖，是餵養與繁衍。表揚一夫一妻制，物種維護的兩難。增長和死去的細胞。原生質塊，生長驚人，是微小不過的空間，透過顯微鏡才觀察得到的單位。「Omnis cellula a cellula」（一切細胞源自於另一個細胞）(20)。由單一個體形成一個整體。工作效率高度卓越。每個有機體都是一個特別複雜的機器；是一個國家，每一個最小的成員皆負有任務；是基因一致的單細胞群的殖民地，細胞的群居生活由他者負擔。一個更好的國家，一處更美的土地。我們這地處東方的家園。「太陽正是由東邊升起的。」這是父親掛在嘴邊的話語。迎向陽光，就如同植物一樣。

「……我們應該提振學校，使其邁向未來……」

她有次獲得許可，和父親穿越邊界，回到他出生的城市。新穎的交通網絡，適宜的砌塊建築，宛如凹洞的市集廣場。景物已非，不再是他熟悉之處。火車站名被翻譯成波蘭文，實在令人瞠目結舌。只不過因為同一個地理位置仍有移民居住，站名始終沒改。一旦城市的遺傳組成大幅變化，即應更改城市名稱。那不再是同一座城市，而是一座新的城市。

「……唯有共同……」

與國家力量共同合作。在動物界、人類世界中的相互幫助。合作的行為，將回報以合作。你幫我，我就幫你。郊狼和獾偶爾會合作獵捕地鼠。獾挖掘洞穴，引誘地鼠出洞。郊狼則在穴口猛力擊打，獵捕後通常先讓獾食用。不過，郊狼有時也會吃掉獾。合作始終有風險。

「……唯有彼此共同……」

一種施與受。卡特納想表達什麼？在以前，雞吃牛糞，而牛吃雞屎。蛋白質與生質。未消化的能量，荒廢的才賦。

「……發展，不只是成長……」

細胞更新，不惜任何代價。只照規定行事，過程流暢無阻。細胞非常政治化。家庭是社會最小的細胞。壽命的金字塔，頂端就是家庭。哪種家庭？她擁有喜愛鴕鳥的先生和一個幾乎想不起容貌的女兒。細胞，疾病與一切壞事發生的場所。父親這麼簡單就走了，她悲傷得短短幾個星期就白了頭髮。突如其來的黑色素退化。那時她才三十歲，克勞蒂亞剛好去參加夏令營，回來後看見她的模樣嚇了好大一跳。孩子幾乎認不出她來。

「正好相反，我們反而要縮減。不過，卻是屬於健康的縮減……」

那股味道真的相當可怕，有些人已經摀住了鼻子。史旺涅克那女人似乎喪失嗅覺似的，不斷向四周的人發送笑容。

父親逝世後一年，克勞蒂亞成了她班上的學生。今日絕不允許這種情況，不過當年很多老師的孩子都在自己班上。克勞蒂亞一定沒有因此受苦。人都知道自己適合何處，有他的薪資收入，也知道孩子愁眉不展。

「但是這兒……絕對不是空洞無物，而是未開發的機會場所。」他講話的方式和帝勒一模一樣，同樣的手勢，同樣慷慨激昂。滿口謊言。

「有這麼多的空間可容納新事物，容納創意！」他攤開兩手。他應該去當傳教士。卡特納牧師。星期三就在布道星期日的內容。

她終於想起是什麼東西臭成這樣了。是銀杏樹！她怎麼沒早點想到！是果實爆開、腐爛的種子味道。一股刺鼻的餿味。這株龐然大樹是學校花園的殘留物，如今被當成裝飾品，貼著海報和格言。不是闊葉樹，也非針葉樹。一九八二年歌德年種下的種子，茁壯成今日的樣貌。歌德的樹，歌德的骨頭。他真的認為自己發現了門齒骨。探究可探究之物(21)。不論是陽性樹還是陰性樹，都要等二十年後結出第一批果實才知道。幾乎和天竺鼠一樣。銀杏樹已經成熟了好幾年，每年秋季都要污染一次空氣。令人難受的裸子植物。

「各位親愛的同學，這個地區未來的發展將取決於你們。」

喚起意識。少年團(22)，注意！失敗為成功之母。

「這是你們的時代……」

永遠寄望於下一代，又把年輕人出賣給了未來。

風停了，情勢不利，味道實在難以忍受！就算把銅釘釘在樹幹上，也很可能不會壞死。這種樹永遠不會毀壞，是活化石，如同南美洲加拉巴哥群島上動也不動的科摩多巨蜥。有株銀杏樹甚至撐過福島災難活了下來，或許能活一千年。就像她和克勞蒂亞在美國想去參觀的巨杉一樣。但是他們後來沒有前往北方，觀賞那遠古時代的樹。這個國家是獨一無二的史前時代景觀。一切大得誇張，幅員遼闊無垠。山谷和沙漠，可以遠足一天，也可遊歷一星期。許多地方漫無邊際。當古人發現這塊大陸並殖民此地時，曾擁有過一切機會。結果成就了什麼？硬紙板材料和木材搭蓋的屋舍，房子仍顯堅固。房間般大的更衣室，五線道高速公路，消逝的人行道和街道。這裡許多城市之所以形成，純粹是因為發明了空調。女導遊有一張天真善意的美國臉龐，臉上仍可看出歐洲移民容貌的影子。一個由眾多移民組成的民族，克勞蒂亞幫忙翻譯。導遊一邊說明，時不時請某位旅客環顧四周。她整段時間都在談論水。那裡曾經有水，一大片海洋。她堅稱這片沙漠曾是巨大湖泊的湖底，四周奇形怪狀的紅色山脈，是綿延水底的丘陵。但那裡不過是死寂的景致。仙人掌被築巢其中的啄木鳥啄得一個洞一個洞。後來他們參觀保留區，肥胖的印第安婦人蹲在貨櫃屋前面。貧瘠的土地四周圍著籬笆，土地上似乎堆著塑膠袋。旅客不准看他們，不可拍攝他們的墳墓。在這個自由的國家，到處都是禁止標誌。

鈴聲響起，下課時間結束了。但對卡特納而言，休息時間顯然太短。他最後又拖了幾分鐘。獨裁者的權力。宣揚民主，卻貫徹自己的意願。隨便怎麼稱呼都無所謂，但至少絕對不公正。

「保持狂熱！留在此地！進行改變！創造觀點！」這些她都很熟悉。任何演說，最後永遠以口號結束。沒有一個國家體制是絕對優秀的。萬物就能自行組織起來。

安妮塔姨媽又特地對她好了，給了她一大盤食物。哥尼斯堡（Königsberg）肉丸，經過淬鍊的學生膳食餐。盤子裝得滿滿的，必須小心拿好，才不會滴落醬汁，弄髒亞麻地毯。

她比較早來用餐，教師桌還是空的，後頭坐了幾個學生。氣氛平和寧靜。終於能獨自一人歇口氣了。食物嘗起來甚至也覺得美味可口。

鑰匙串在桌面上哐噹發響，鑰匙別在編織細繩上。

「吃飯時間，一起吃！」史旺涅克走了進來，對她說：「我等一下就過來您這兒。我可以……」

她幹嘛詢問？這是一場侵襲。在她面前，沒有一個地方是安全的。看來她依舊心情愉快，情緒亢奮。似乎受到卡特納精神訓話的鼓舞。她坐下來，像剝皮似的脫掉外套。

「校長說得沒錯。一輩子活到老、學到老，不是嗎？」

真是隻鸚鵡！什麼都要跟著學舌，重述一遍。

「我們一生真的都在上學。」她攤開餐巾紙，在大腿上端正擺好。

食物逐漸冷了。她顯然沒什麼胃口，或許正在減肥。這種女人始終處於減肥中。惺惺作態，欲蓋彌彰。

「史旺涅——克——老師？」學生總愛把最後一個字拖得老長。幸好她的名字不適合這麼叫。

「是——？」同樣誇張的聲調。史旺涅克這女人整個上半身往後轉，轉動得特別緩慢，彷彿很享受這個過程。

「我們明天真的就要介紹詩了嗎？」

「卡洛琳娜，我們已經講好了啊。」

史旺涅克的牙齒真大，紅色牙齦向後萎縮。

「可是我才剛開始上耶。」

「但是詩很棒啊。我們明天課堂上再討論怎麼繼續進行，好嗎？」

極盡討好之能事。

「謝謝，史旺涅克老師。」

那女孩就差沒行屈膝禮了。史旺涅克不可能真的那麼受歡迎。

「哎呀，這些親愛的學生……」沉思般的低吟。她壓碎盤中的馬鈴薯。

「他們有點像我的孩子。」

根本無須用心聽她說話，一直老調重彈。叉子漫遊到嘴邊，她終於塞進了一些食物。

「其中一些需要人……」她邊咀嚼邊說話。「愛——這一點我不久前才明白……」吞下食物。「……才能忍受他們。」她應該要小心。邊吃邊說的動物，食物碎屑很容易掉入氣管。

「當他們站在面前，沮喪又渺小，有時甚至有點調皮，事實上就只有兩種可能性……」她是個活生生的見證，徹底呈現了人類與動物之別，在於情感外露的說話能力，而非理智。

「溜走，或者……」

那目光，彷彿在為自己辯解，想請求原諒似的。

「……喜愛。」

這個人實在不懂羞恥。唇膏已經褪色，但唇線仍在。粉撲得很白，阻塞了毛孔。渴望登上大型舞台。

「……而我決定採取愛的教育。」

聲音透露著激昂。她真該去當演員。話說回來，她現在也是了。她顯然陶醉在自己的荷爾蒙波動中。

「我的意思是，思想交流是非常美好的事情。而且……」賣弄風情的嬌笑。那副牙齒，叫人駭異。

「……感覺很親密。」

她告訴她這些，有何意圖？她想做什麼？放眼望去又沒有聚光燈，也沒有觀眾，更別想期待掌聲。不過既然缺少嗅覺，其他感受應該也會一併消失。

「教育學的愛神。」她嘴裡吧嗒吧嗒，津津有味地吃著。

當然了，需要孩子直接叫她名字的人，想必也會與他們在床上親密依偎。正如同積極的體育老師上體操課時，以保護之名，特別伸出手扶著孩子。這種課的運動褲特別短。粗野沒水準。脫下的孩童運動短褲。學習碰觸的學校。他們就是希望如此。

「啊。」史旺涅克手摀著嘴巴，忽然嚇了一大跳。

「我忘了自己不再吃肉了。」她將肉丸滾到盤子邊。很難把目光從她身上移開。

克勞蒂亞也曾經歷同樣階段。沃夫崗那時剛好失業，動物生產解散結束，他女兒也不再吃肉了。沒有滋味。英格．洛馬克對誰都不例外，在學校裡沒有，家中也一樣。後來克勞蒂亞受不了，沒堅持很久又回復吃肉。肉丸又滾了回來。

「我的意思是，吃肉也會造成環境負擔。溫室效應啊。那一大堆甲醇才是真正的氣候殺手。」

愚蠢到讓人心痛。她究竟從哪裡偶然聽到這些東西的？大概是晚上睡不著，開著電視，昏昏沉沉中聽某個特別有想像力的電視旁白胡說八道。早期是臭氧層破洞，現在也沒聽見提起這事了。今日則是氣候變遷。在地球數十億年的歷史中，本來就可能產生氣候變化。氣溫若不變暖，人類也不會出現。生態學篇章中以令人無可忍受的語調如此認罪，結果只會培養出罪惡感。未來的世界末日預言，就像教會宣揚的一樣，只不過沒有天堂。道德和政治一樣，和生物學都沒多大關聯。彷彿人類是唯一污染環境的生物似的。任何生物體都會對環境造成污染，其他物種一樣占據空間，消耗資源，留下垃圾。每一種生物都會奪取其他生物的生存空間。一處若已有某種物體存在，便沒有他者容身之處。鳥兒會築巢，蜜蜂有蜂窩，人類則是有房屋建築。自然的平衡這種事並不存在。萬物賴以生存的物質循環，正是根源於不平衡。每日照射光芒的太陽，是維護我們生命的巨大能量差。平衡，代表著終結，代表了死亡。

即使不吃肉，史旺涅克還是拿叉子將肉丸切成小塊。

「可憐的動物。」她嘆了一口氣，彷彿說的是肉丸。

人類究竟能愚蠢到何種地步呢？在荒野中生存艱難辛苦，絕非易事。在那裡，死亡殘暴又冷酷。暴力死亡最是稀鬆平常。拜託，否則我們該怎麼面對那些被特選畜養、控制交配的動物呢？牛根本是人類的發明，是製造牛奶的機器，有七個胃、被放牧的肉。我們培育了牠們，如今就必須吃掉牠們。

「您真幸福。您女兒什麼時候要回來？」

「很快。」

陰險的人。

表面上不經意地提出這個問題，實則背地裡藏刀。她在想什麼？「史旺涅克，您先生好嗎？」喏，命中紅心。馬鈴薯從叉子掉回盤中。餐具製造出的噪音迴盪在餐廳裡，真希望現在安靜無聲。

「他有別人了。」是的，她極度渴望說出此事。
「她更年輕。」
坦露自己，說出真相。
「現在也懷孕了。」
一點也不特別。
「我沒有辦法生育。」
不懂羞恥的人，也不會得到孩子。自我裸露，自我放肆。
「我小時候問我母親，孩子究竟是怎麼生出來的？」她深吸一口氣。即使是臨終前，她應該也會一如往常說大話。現在還有什麼要說的？
「然後我母親說……」嘴唇顫抖。她可真是極盡誇張之能事。偏偏愛炫耀自己是感受敏銳的人，硬是糾纏不清、討人厭，總是強迫別人接受他們的情緒。「……只要誠心希望擁有孩子就可以了。」她把持不住了。這個人真的毫無顧忌。不過，她已經把自己解剖得赤裸裸了。不可看著她，否則只會讓她感覺受到鼓勵。
「英格。」她的雙肩聳起。

「英格。」嘴唇動著，聲音細微。她不是在哀號吧？

「我可以叫您英格嗎？」

那是一種勒索。一切都是故意的。

「是的，妳可以。」否則她該說什麼？水循環的力量非常強大。午餐時間被濫用了。現在是演哪齣？史旺涅克哽咽一聲，瘦骨嶙峋的雙手落在她的脖子上。一種擁抱，一種箝制。她的胸部又軟又暖。

站牌前比平常更早聚集要搭車的通勤生。轉角那間麵包店倒閉了。學校附近唯一能花零用錢的地方是史坦街上的香菸販賣機。

男學生無精打采地玩手機，女生隨著耳機裡的音樂搖晃，但動作不至於太招搖。即使是愛倫也能不被打擾、安靜地看著書。遠遠還不見公車的蹤影。平日的週間時光竟有星期日的氣氛。唯一不在場的是艾莉卡。

她到底去哪兒了？洛馬克伸長了身子，不僅可眺望城那一頭，也能一眼看盡通往學校的小路。城牆邊，延伸到市集廣場的路上，全不見她的蹤影。白費力氣。車子來了。所有人都上了車，沒有爭先恐後。司機有張愚笨的臉。她又四下張望了一次。

「您開走吧，我忘了東西。」

車門關上。

公車開走了。車上沒有她。

耶妮佛好奇的臉顯露在玻璃窗後面。現在怎麼辦？氣溫真的很低，天色也漸暗了。街上籠罩著十一月的天氣。

學校走廊黑漆漆一片。所有班級都下課了，也沒有民眾大學的課程。鬼魅般的寂靜。細長的樓梯鐵架映入眼簾，扶手拾級而上延伸。她一隻手放在扶手上，而後又放在鑄石做的水泥窗台。

當年她一人隻身前往。她從未將此事告訴過別人。要告訴誰呢？和漢弗利那段情早已消逝於風中。而且這件事也與沃夫崗無關。那是下半身的情欲故事，在醫院住一晚的手術。沃夫崗那時有太多事要操心，時局也動盪不安，邊界開放，開始使用新的錢幣。數十年來植物生產始終是主流，而今終於遭到反撲，畜牧人員示威抗議。沒人知道情勢會如何發展。總有人認為自己沒概念。先是聽說建造了新式乳牛設施，要他們適應高效能的飼養方式。

醫生說，她已經超過了時間，不過仍適用於臨時法規，幫她動了手術。雖然他髮量不多，但英俊帥氣。一定不是本地人。短髮豎起，彷如電線一般。護士剃掉她的陰毛，握住她的手，直到麻醉生效。她醒來第一眼看到的是醫院窗邊的牛奶瓶。然後是門板上的槽紋，和她父母家的廚房門一樣。有一隻青蛙到牛奶店去。店員問道：「小青蛙，你想要什麼呢？」青蛙說：「呱。」克勞蒂亞每聽必捧腹大笑。從小就如此，長大之後也沒變。她最喜愛的笑話。真的有牛奶店嗎？當年或許有。許多牛奶場都關閉了。轉眼之間，他們不知道牛奶該何去何從。學校裡喝的都是可樂。在牧草期過後，他們想要像每年一樣供應牛肉的時候，屠宰場也收掉了。也沒有牛圈等地方可讓動物過冬。他們不知道母牛該何去何從。小販賤價收購了牛群。他們把牛奶全倒在農地。她應該無法應付第二個小孩。克勞蒂亞正值青春期，而沃夫崗的心思全放在找工作上。母牛要生下小牛，才有辦法出產牛奶。有奶的母牛才是母牛。生下孩子的婦女才是女人。抗體。錯誤的Rh因子。就是不適合生產。她生下了克勞蒂亞，將她餵養成人，責任已經完成。她還能多做什麼？沒有哺乳，她沒有奶水。陰毛很快又長了回來。某些身體部位的毛髮只會長到特定長度，實在匪夷所思。基因學的程序。

忽然間，溫度變得很冷，肩頸起了一陣顫抖，頭皮發麻。不過這是正常反應，是人類還披著毛皮的遠古時代的殘餘物。頭髮直豎，面對敵人時看起來比較強壯。但現在沒有敵人，一切很好。什麼又是正常呢？有時候，規則就是一種例外。有不開花的植物，蚜蟲的孤雌生殖，無法飛行的鳥。她可以離婚，但是從未有過這種念頭。

傳來碰撞的聲響。有道門開著，一名清潔婦正把椅子抬高。清潔人員必須依規定穿著圍裙。地板蠟的味道比銀杏更難聞。

一開始，漢弗列並未引起她注意，那是在一個公民自發組織。他們每星期六進行義務勞動，但純屬自願性質。沃夫崗沒有參加，那對他而言太困難。他們清走小水塘裡的垃圾，在新建築社區後方的田野小路兩旁種樹。漢斯一開始參與了活動，克勞蒂亞初期也和牧師那些骨瘦如柴的孩子一起來過。

漢弗列負責從森林運來苗木，有田槭、山毛櫸、栗樹。有時候她也一起前往森林。她完全沒料到自己還有可能懷孕。克勞蒂亞已初經來潮，開始卵子成熟的月經週期。而那和她不再有任何關係。事實上，她很晚才想起自己月經沒來，為了照X光簽名的時候：沒有懷孕。這句話是一種中斷，彷彿日後還有機會重新懷孕似的。孩子改天再生。她失去了兩個孩子，一個未出生，一個已出生。廢話。不應該想這種事。樹木早已被犁平了。

或許是因為她親吻了雕像的手。在西班牙布拉瓦海岸（Costa Brava），那是她第一次真正出國旅行。她深入山區，參觀一所修道院，去禮拜代表健康與多產的黑色聖母。並非她相信這種事情。母愛，是荷爾蒙分泌。收藏在維也納自然史博物館裡的「維倫朵夫的維納斯」（Die Venus von Willendorf），是一則神話傳說，誕生於饑荒時代的肥胖女神，年紀比農業還老。那是一座矮胖的石灰岩材質雕像，下垂的巨乳，垂掛在肥碩的肚子上，臀部很大。臉上沒有五官，而是覆蓋著小鬈髮。最純粹的多產象徵。

校長室的門開著。祕書只工作半天，但事實上沒什麼人看過她。卡特納坐在自己的位子上。

「洛馬克？妳還在學校做什麼？」

「東西忘了拿。」又來了，好像她要隱藏什麼似的。

「什麼東西？」

她以反問代替回答：「你呢？」用他的策略反制其身。

「猜字謎。」他舉高報紙。

「埃及冥府裡的神。」

那是個問題嗎？

「奧地利女演員，名字有十三個字母？」

不知道。

「好吧，我看看還有什麼。啊，這題簡單。第一個人類，名字由四個字母組成。」

「人猿（Affe）。」答案自然脫口而出。本能反射。

卡特納噗嗤一聲。「人猿！我真是無法相信。」他把椅子往後滑，頭朝後一仰。

她現在想起正確答案了。

「人猿、人猿、人猿。」他似乎無法冷靜下來。

「洛馬克，妳可以得到一個小蜜蜂貼紙。」他做了個邀請的姿勢。「坐一下。」

椅子坐起來不舒服。

卡特納又滑回辦公桌邊。

「我正好有些事情想對妳說。」

又是特意停頓。

「化學課不久就會交給妳帶，妳別感到訝異。」

「為什麼要這樣安排？」

「創意課需要使用附有洗手槽的教室，因為課程會用到顏色之類的教材。史旺涅克無法交出她的教室。妳應該可以想像。除此之外：生物和化學，彼此本來就缺一不可。」

化學是沉默不語的，但生物學會說話。她的化學不是特別好。檸檬酸循環，電子傳遞鏈。她對化學就是少根筋。但是不能在她教室，化學藥品的味道在校園裡就聞得到了。

「截至目前為止，尚無法使用顯微鏡檢驗原子。」這是她研究所所長常掛在嘴邊的話。

「可以的，可以的。妳沒聽說嗎？」他顯然大受驚嚇。「已經可以用電子顯微鏡看見分子了。」

啊，對，沒錯。她忘了自己在哪裡聽說過。

「無所謂。我對化學也不是特別在行，永遠無法理解現在是個模型（Modell）還是現實（Wirklichkeit）。」他露出親密的笑容。「我每次都只拿到三(23)。三的成績又叫作什麼？又叫作『滿意』。還有什麼比『滿意』更好的嗎？」他興奮得幾乎要高歌歡唱。「對吧？」

「我已經很久沒再去進修了。」最近一次絕對是十年以前。

「英格，妳瞭解的。不值得去做。」

「誰今天才大聲強調人應該活到老、學到老！」

「英格，我最不想做的事，就是質疑妳的專業能力。但是在我們這個聯邦，有百分之九十的老師超過四十歲。妳應該可以想像那代表什麼意思。」

「經驗豐富。」

「過度老化。當然啦，老年人毫無疑問代表未來。光從經濟面來看就不得了，是唯一成長的市場。此外，從生物學上來看，今日六十歲的人也比二十年前四十歲的人還要年輕。」

旗幟在風中飄揚。

「可是妳知道嗎，那攸關我們的生存。妳當然是有經驗的專家，但是，若能有點鮮肉，對我們來說也不錯。脂肪最豐富的生物，才能存活下來。」他摸了摸肚子。

「正如妳所知道的，我們大家的前途茫然不確定。呃，我是已經……四年後你們會面對什麼呢？因此，事先開拓另一個工作領域，或許會比較有利。」

他想要表達什麼？

「例如新布蘭登堡（Neubrandenburg）。」

他究竟在說什麼？

「妳當然還是能保留妳的專業科目。」

專業科目？為什麼？他葫蘆裡到底賣什麼藥？

「或者……」他深吸口氣。「……或者妳留在這座城市。」

「去地區學校？」門兒都沒有。這是勒索。

「不，不是的，那裡人員也超額了。還要更好：回歸根本。妳可以再次從最前端開始。」

一切都毫無意義。

「小學！」

他絕對失心瘋了。但她沒什麼好焦急的，緊接著就會有解釋。聰明的動物懂得等待。

「請問我到小學去教什麼呢？」他根本毫無權力決定人事。

「喏，一般常識。妳非常適合教這門科目。森林啦，建築，還有人類。測量溫度，觀察雲相變化，採集菇類。如此一來，妳終於可以幫學生打下妳惦念已久的基礎了。我認為，這就是妳成為老師的原因。為了教導孩童知識。」

這才不是她當老師的原因。

「妳知道的，失業救濟金可以補助兩年，還有其他同質性的工作，但做起來沒那麼令人開心：負責照管桀驁不馴的人，照顧輕度癲狂者的夜間值班人員，在兒童之家輪班工作。」

他不能動她。社會主義人格主要是透過勞動過程塑造。一切照章行事。中國的勞工因為被解雇，從高樓跳下來。父親殺死全家，因為他剛丟了工作。債務永遠無法清償完畢。現在還有兒童之家嗎？人類是最大的役用動物，沒有無須勞動的生活。她為什麼成為老師呢？

「但是，目前一切只是空想。妳當然還是先留在此地。那不過是個想法罷了。」

卻使人心慌意亂。因為父母曾說過她很適合當老師；因為要有工作，才能使用友施（EOS）(24)金融機構的服務；因為孩子被生了下來，所以需要老師。至少以前是如此。

「不過妳究竟是怎麼回事？妳的車子應該早就修好了，為什麼還是搭公車到校？」

「為了環境生態。」

他眉頭皺了起來，根本不相信她的話。

「妳臉色很糟，洛馬克，我很擔心。妳整個人看起來筋疲力盡，一臉疲憊。去放鬆一下吧。我想待會三點半的時候，俄文教室有一堂飾品創作課。等等，我查一下。」他從一堆資料中撈出一張印著字的黃紙。

她得趕緊走了。在此多坐一會兒，聽馬戲團校長說羞辱人的話，實在沒有意義。下一班車六點才開。從明天開始，她應該會自己開車了。她為什麼還坐在這兒呢？

卡特納挑釁地注視著她。

她全身乏力，頭沉重無比。大腦宛如龐大的能量剝奪者。體似壺狀的無脊椎生物海鞘，一旦成長，定居在附著物上之後，就會吃掉自己的大腦。水母也沒有大腦，透過一個神經系統度過一生。這顆頭，出生時就顯得太大，有著超級龐大的腦，一個知識承載器。但如同冰河時期巨角鹿超大的鹿角、猛獁象的牙、劍齒虎的尖牙，總有一天，死路一條。累積知識有什麼用？我們不知道的事情和尚且不知道的事情，未來可能就會知道。沒有修養的雜草，再怎麼進修也無用。不能跟在後頭，一切只會越來越錯綜複雜。有太多事情尚未研究出成果。生物學中只存在沒有答案的問題，物種之間的關係糾纏難解。今日有些假設即使未來證明可能有誤，在當下卻是真實不虛的。他們相信生命的祕密宛如長篇小說。什麼是小說？世界觀的闡述說明。基因藍圖被破解了，但是沒人看得懂內容。那是一種密碼，有些單元偶爾透露出一個字。基因，是染色體鏈上的珍珠，而我們不理解珍珠的價值。生物體若真是他基因的奴隸，一定不瞭解自己的主人。去氧核醣核酸（DNA）上有些什麼，核醣核酸（RNA）又由什麼組成。陌生功能的轉錄，暫時停頓的假基因（Pseudogene）。即使是同卵雙胞胎，智力也非平均分配。從基因上來看，人在一生當中從未和自己相同一致。教科書必須改寫，因為每天增加新的資訊，內容越發豐富廣泛。那些是新的研究，但非知識。理智並未讓我們更聰明。我們將自己套進鎖子甲，把「我」當成神經元的錯覺，一個真正花費昂貴的多媒體。人必須是動物，真正的動物。沒有阻礙意志的意識。動物永遠知道自己在做什麼。或者更優秀的是，牠們甚至不需要知道。壁虎遇到危險時會斷尾求生，就這麼簡單，甩掉多餘的負擔。人則必須不斷思考下一步，斟酌如何表現完美。動物清楚自己的需求，擁有本能直覺。饑餓或是飽脹，疲累或是清醒，恐懼或是接納，全部簡單為之。牠們跟隨群體，在泉源裡游泳，懶洋洋打著呵欠躺在陽光底下，或者視情況躲在陰影裡。將自己吃出脂肪層，進入冬眠。

卡特納打開桌燈。天色已經非常暗了。燈光落在他嘴上，眼睛隱藏在陰影中。她的本能到哪裡去了？她怎麼到這裡來的？她現在可以拋棄的尾巴又在何處？

演化論

太陽從樹後探出頭，高掛在林子上方，萬物被照耀得清晰明朗。葇荑花遍野綻放，黑刺李枝幹上白點斑斑，還有尖銳的黃色連翹和綠枝伸展的樺木。雨連下了好幾天，不過今早晴空蔚藍如洗，萬里無雲，倒映在濕地的水面上。濕地大如湖泊。復活節就快到了，下下星期開始連放十天假期。也該是時候了。周遭一片寧靜，氣氛祥和。路上幾乎不見汽車。公車早已離站，站牌孤零零立著，彷彿荒廢了好幾年。

車窗有點故障，不容易搖下來。她早晚需要一輛新車。不過沃夫崗才剛買了一台孵化器，一次可以放進四顆蛋。孵化季開始好一陣子了。空氣新鮮，但陽光還是有點炙人。今天應該會很熱。西風徐來，春天降臨，幾乎有點夏天的味道。菩提樹梢的嫩芽甚至閃閃發亮，木質銀蓮花將林地點綴得白茫茫，大麥綠油油一片，幾乎帶點藍色。逆光中出現一個暗沉的影子，有個人蹣跚走過田野，雙手背負在後，上身微傾，步伐短促，好似對抗著空氣阻力。她鬆開油門。那個人旁邊有一個匆忙輕巧的黑點，一隻紅棕色動物，尾巴直豎，尾端彎曲，步伐跳躍，邊走邊平衡著重心。只有貓才會這樣走路。她現在認出對方了，是漢斯和他的伊莉莎白。伊莉莎白前、後腳走成一直線，穿梭在草地中，偶爾小跑步，不想落在漢斯後面。他們兩個，找到了彼此。

他做的是對的。人不過是在假期與假期之間攀附前進。十天不需要看見那群討人厭的學生；十天，只保留給自己，以及花園和房子。當然，還有漢斯，庭園籬笆邊的每日寒暄。事實上，只有漢斯找到自己的位置。他窩在自己家裡，伴著屋外兩支溫度計，以及操控他的天氣預報。退休生活，想想其實很可怕。她必須離開，到伊費那克（Ivenack）觀賞千年橡木。那些橡木就算不比加州巨杉久遠，也差不多年歲；去看石灰岩的白色斷崖或燧石層，漫步沙灘。那些地方離此都不遠。還有圈養黇鹿的露天圍欄，牠們身上有白色斑點。

公車為什麼還在前方？竟停在路中央。藍白條紋的車身，暗色的車窗玻璃，真的是接送學生上下學的公車。車子顯然不動了。孩子們站在外面，溝渠旁妝點著五顏六色的連帽外套。凱文和他那一群朋友站在耕地上，感覺似乎很開心。當然嘍，終於發生事情了嘛。有些女孩甚至在路邊跳起了橡皮繩。吵吵鬧鬧一片。正中間露出徐立希特那張等公車的嘴臉。司機繞著車走來走去，耳邊講著手機。愛倫跟在他旁邊。司機打開一個蓋子，把頭伸了進去。耶妮佛走了過來，對她揮手，想要講些什麼。對向車道終於沒車了。她踩下油門，加速超車駛離。

今天差不多就這麼結束了，有一半的學生應該會遲到。不過她還是要完成進度，復活節前必須上完演化論，之後就是複習並稍微預習日後的課程。如今沒了中央統一的教學計畫，實在非常可惜，每個邦目前使用各自的教材和畢業考。這是被誤解的彈性，彷彿巴伐利亞邦運行著另一套自然法則似的。連神經系統也仰賴中央了。大家各自為政，並不是自由。以前即使進度落後的教材，頂多十四天也一定能補上。現在如果搬到別的城市，在學習上付出的努力將是白費力氣。不過，反正人本來就如此。幸好她又開車上班了。以前她還搭過便車前往波蘭、捷克邊界的克爾科諾謝山，現在沒人這樣做了。那次是勉強參加的班級健行活動，和一大群人踏上漫長的旅程。她甚至希望，若能發生意外就好了。緊急狀況，幫傷者穩定側躺，生命懸於一線之間。不過，沒有人受傷，沒有救護車，沒有喔咿喔咿，什麼事也沒發生，即使有，也不是太嚴重。膝蓋破皮，結婚之前，傷痕就會消失了。父親常說，人不會死得那麼快。才怪。他就這麼簡單倒了下去。倒是省了他自己一堆事。

等到救護車終於抵達，為時已晚，一切都已過去。但是母親過不去。她多年臥病在床，沒多久便跟著父親離去。額外服用了雙倍藥量。我不再是我了。這是一句廢話，是一種勒索，是想激起對方反駁自己的技法。老年使他們變得軟弱，那是恐懼死亡而產生的副作用。對一生中沒質疑過的事突然感到後悔，在最後幾公尺骨折扭傷，屈服認輸，只因為身體功能逐漸拒絕工作。雙手乾癟無力，皮膚如同羊皮紙。

下一個站牌映入眼簾，站著薩絲琦亞和幾個實科中學的學生，頭上戴著耳機，兩手插在褲子口袋，無聊地空等著。他們可能有得等了。立在他們身後的黑色候車亭像一間大型狗屋。被拴住的動物，正如他們的處境，活動半徑被劃定了，空間上，時間上，只能在鍊子範圍內移動，一天又一天。沙地被長久的等待給蹭硬了，地上有幾個被狗挖開的洞，埋骨頭用的。

前面就是岔路，黃色箭頭指向森林。打開方向燈，踩煞車，車子轉了進去。路上林木成蔭，空氣冷冽，再度將車窗搖起。雲杉的黃色針葉掉落在林地上，樹幹襯著黑色土地。手遮在眼睛上方，迎面沒有車子過來。逃跑中，主動出擊。路邊有幾棟房子。瀝青路面坑坑洞洞，還積著雨水。又出現一座莊園，求售中，鋪石地面。這裡是最後一座村子，籬笆高廣，窗簾全放了下來。不見人影。她就站在那裡，真的站在那裡。當然了，否則還能在哪？她的臉靠在玻璃旁。

車門打開。

「上車吧，公車在路上拋錨了。」

她坐進來，將背包塞在兩膝之間，關上門，拉下安全帶繫好。引擎轟隆作響，油門踩太深了。她沒有往這邊看，不發一語。那塊斑。領子處，藍色冬天外套的襯裡翻了出來，裸露的脖子上有微微紅斑。棕髮下的頭皮隱隱閃耀。只有引擎的隆隆聲。

置物箱裡的東西，兩個座位之間儲放格裡的雜物，彷彿放了可能出賣她的東西，彷彿天知道她對她有何企圖。裡頭只有沃夫崗的名片，她沉重的鑰匙圈，幾顆沙棘口味的咳嗽糖。誘拐未成年少女。打開收音機嗎？不，最好不要，只會轉移注意力。空氣新鮮宜人。窗戶又往下搖開一道縫，有空氣可以呼吸，現在好多了。原野上出現幾株零星樹木。

「那些是冰河時期留下的洞。」

她終於轉過頭來。她屬於她了。

「原野上那些樹群，還有變為沼澤的凹地，全都源自於冰河時期，是冰河消退後留下來的。冰屑融解後，便形成了這種凹洞，有時候地底下甚至是中空的。LPG(1)以前曾將沙子倒進去，才有辦法開著拖拉機順利從上面直直前進，但因為潮濕又逐漸退縮。這些洞很深，沒辦法簡單地乾燥。除此之外，那也是非常重要的群落棲息地。」

艾莉卡假裝在小腿上抓癢，像個小孩似的漠不關心，肆無忌憚。世界上有女性變童癖者嗎？

「妳看過小鹿嗎？我是說，在野外看見的鹿。」

她故意看著窗外。

「沒有，為什麼問這個？」終於開口了。

「我小時候有一次在一處果園發現了小鹿，就在瞭望台底下的灌木裡。我們兩個四眼直視，小鹿和我。那感覺很棒。我們距離差不多五十公分左右，幾乎快碰到對方。我只要把手伸出去，就能摸到牠了。牠全身紅棕色，身上有白色斑點。不過我當然沒碰牠。妳一定知道原因：不然母鹿會因為牠身上陌生的氣味，把牠趕出去。」

她在座椅上滑來滑去，兩膝緊緊靠在一起。誰知道呢？搞不好她感到害怕。畢竟她有機會對她做出不軌之事。什麼樣的事？她究竟對她有何企圖？沃夫崗名片上有個鴕鳥的剪影，鑰匙，咳嗽糖。什麼事也還未發生。到目前為止，她還沒看見任何人影。她想對艾莉卡做什麼呢？在森林裡，瞭望台上，在那些冰河期留下的小洞裡。手牽手。不管她願不願意，帶到某一處，囚禁起來。就這麼簡單。誘拐兒童。她還算是兒童嗎？無論如何，至少未成年。不是長得國色天香。落到她手中，只能任她擺布。誰會在這裡給人設下圈套？接下來呢？她可以狠心地把她丟在這裡。她可能誤會了，被錯誤的事實給蒙蔽。艾莉卡比較孤僻，任何事情都引不起她的興趣，也不比其他人優秀。她經常發呆出神，被動地跟著做所有的事。她應該這麼做！將她綁在樹上，強迫她好好看著。終於找到答案了。或許會有一隻小鹿經過。堵住她的嘴，讓她沒法兒再說話。艾莉卡就這樣坐在副駕駛座，呼吸著，彷彿什麼事也沒有，也確實沒有什麼事。再也無話可說。

車窗外白色的電力風車銀耀閃亮，孜孜不倦地轉動著。潮濕的田地上出現了幾隻迷路的天鵝。黃楊樹間刺眼的垃圾，灌木叢裡的塑膠袋。園圃裡，野生鬱金香爭相開花。汽車銷售中心前，旗幟飄揚。枝幹柔弱的影子映在房屋正面。

她將車停在教師停車位，拉起手煞車。艾莉卡解開安全帶，抓起背包，下了車，將門關上。關門聲有點太大。

「早安！」史旺涅克那女人騎著紅色腳踏車朝這裡過來。

「妳好啊，英格。」她露出若有所知的笑容。所有事都看進了她眼裡。在一輛車子裡。一個小弱點。現在結束了。永遠。

「早安。」只有少數幾個學生，尚不見其他人的蹤影。想必還在路上等著。這不能算是上課，只能說是輔導。這麼多年來，流感病毒也沒能造成這種狀況。幾名學生像不倒翁，被陽光照得目眩迷惑。不過，只要本能反應還能作用就好。生物課兩個人也能上。

「坐下。」

照章行事，不需要有例外。劇院裡，觀眾人數若是過半，照樣登場演出。至少他們算是半數，艾莉卡和其他五個從城裡過來、無關緊要的學生，六名學生對一名老師。舞台上始終只有她一人：洛馬克老師。所以，布幕拉起吧。

「請將書翻到一百九十頁。」他們面前的書頁上，是身後早已過去的事情：生命穿越地球的年代向前邁進，以蝸牛殼般的螺旋狀呈現。從太古代到第四紀，從虛無到現代，經過不同發展階段和外表形態：海綿、海藻、三葉蟲、腕足動物、無脊椎動物、棘皮動物、雙殼類、苔蘚動物、頭足動物、節肢動物、盾皮魚、高如樹木的蕨類、海蠶蜥、巨脈蜻蜓、成煤森林、滑翔的飛蜥、長頸的科摩多龍、沒有羽毛的鴕鳥、始馬、劍齒虎、猛獁象和原始人。

螺旋的中心是黑灰色的深口，旋入無法想像的過去時間，捲入大海深處的漩渦，一切在此誕生，朦朧又昏暗，就如同所有起源理論所描述的：海克爾的原始軟泥、奧巴林(2)的滾騰原始湯、米勒(3)的玻璃燒瓶中充滿瓦斯的太古大氣層。生命從何而來？所有的蟲都來自腐爛的泥巴。一聲震耳欲聾的聲響。放電，有機分子，數十億的單細胞生物，生命的基本粒子，躍入時間、空間，一切存在的起源。書中圖片的正中央是一個數字。

「三十七億年。」

三十七億年，久遠得難以置信。不管她有沒有說出口，一點也不重要。無論如何，完全超出人類的想像力。

教學目標上寫著：傳授對於時間的感覺。彷彿每次開心期待生日的人類會對地球的歷史感興趣似的。他們還太青澀，無法理解自己的生命長度有多渺小，自己的存在多微不足道，每一個當下又是多麼可笑無意義。他們毫無概念。

一提到史前時代，他們眼中只有呼呼吼叫的恐龍；長牙晶亮的毛茸茸大象；兩隻像房屋一般高、正在殊死纏鬥的科摩多龍；或是爬蟲類彼此決戰，緊咬著對手背部，打算快刀斬亂麻；好鬥的穴居人在嚴寒的冬季景致中追捕猛獁象；披著毛皮的尼安德塔人在營火旁削著東西。他們學不會以百萬年的長度來思考，無法理解圍繞自己身邊的一切，全是不可思議的漫長時間裡最細微進展的結果，是難以估量、曠日廢時的慢性轉變過程，無法觀察、無法經歷，只能費力拼湊證據，才有辦法推論。數字，那些使人頭暈目眩的長串數字列，一點也無法幫助理解。這是終點站，大腦下車了。豐富的想像力在此也無濟於事，更別說要使上力。

「多細胞生物大概開展於五億年前，在此之前，都是單細胞生物。長達三十億年的時間，地球上只住著最簡單、類似細菌的生物。」那是至今最有成效的存在形式，以寄生為基礎的生命，一種永久固定的形式，是世界真正的統治者。細菌和病毒從不需要發展演變，非但不會死亡，甚至完美無瑕。沒有大腦，沒有神經，只有完美，故無須持續發展。所謂發展，不過是一種不完美的表現，是生物從受精的卵細胞，經歷眾多階段，最後走向死亡的不可逆定向變化。就像人類之所以求學，正代表本身構造有所不足。其他動物幾乎一誕生就完成了生命，能夠勝任生命。出生後幾個小時，就能靠自己的力量站起來。反觀人類一輩子始終沒有完結，是有缺陷的生物，發育不健全，是需要達到性成熟、生理學上的早產兒。人類天生就是沒準備好，直到死亡才完成生命。人之所以活這麼久，只因為有學不完的東西。

「上次的作業是將動物和植物歸類到個別的時期。那麼，費迪南，奧陶紀有些什麼？」

他清了清喉嚨。變聲期終於找上他了。「最早的脊椎動物，無頜類……」

「請使用完整的句子。」

「欸……第一次有脊椎動物、沒有下頜的魚類、雙殼類、珊瑚、海膽和海藻……」

「這不叫作完整的句子啊。」

「……以及海藻類等開始發展。」

「你忘了提水母。水母這時也開始發展，這點不可以忘記。奧陶紀的海洋裡充滿閃爍發亮的水母，早在寒武紀便出現了。就像走廊上那些水母。」

「嗯。」他像一匹好學的小馬點著頭。

「那麼石炭紀又是怎麼說明的，安妮卡？」在她變得更加不安之前，趕緊叫她。自以為聰明小姐。

「這時形成大規模的石炭原始林，有蕨類，高約四十公尺的石松、十公尺高的木賊草以及巨脈蜻蜓。原始爬蟲類也開始出現，其中包括魚石螈。這是第一種爬上陸地的脊椎動物，牠……」

「謝謝，謝謝妳，夠了。」

她真是個討厭鬼。老是認為要把所有事都做得正確無誤的人，最令人無法忍受。

「白堊紀呢？」

目光掃視課堂一周。剩下沒幾個了。

「雅各柏？」

他今天穿背心，上頭有他自己的轉印照。

「常綠的……」走廊上吵吵鬧鬧。門飛了開來，剛剛等在公路上的那些人一窩蜂全擠入了教室。外套拉開，袋子拿在手上，臉龐發亮，頭髮被風吹得凌亂不整。

「坐在自己的位置上，動作請盡量小聲。你們等一下有的是休息時間聊天。」

「請繼續，雅各柏！」

他咳了幾聲，眼睛直勾勾看著筆記。「出現常綠闊葉林，鳥類開始演化，恐龍的全盛期。」

「牠們最後發生了什麼事？」

「全都絕種了。」他中肯地說，但是語帶同情，像個殯葬業者。

「是的。」曾經存在於地球上的物種百分之九十九都絕種了，但是大家只想到那軀體有四十噸重、大腦卻像網球一樣小的動物。牠們甚至還無法調節自己的體溫。

「沒錯，那是真正的大規模死亡！四分之三的動物和植物種類消失不見。但是你們可知道，一個物種的死亡，卻是另一個誕生之際。而生物的絕種，正是種系發生的過程。」生命的歷史基本上是一部死亡史。每一場戰爭，每一次災難，都是某些事物新生的開始。

她在學生之間走一圈。窗外的栗樹，有些枝幹上已露出鮮亮的小葉，因為奮力要冒出頭而勞累不堪，頹軟地下垂著。

「由於恐龍數量衰退，披著毛皮的人類才能成為脊椎動物的主導族群，哺乳動物才得以邁開凱旋前進的行列。忽然之間，擁有毛皮和溫熱的血液、生出活著的後代，並以乳汁餵養，成了大有利之事。比起任何堅硬的蛋殼，在肥厚的母體肚子裡孵化，似乎還受到更好的保護。在此，根本不會發生窩裡被打劫的事。但是，母親自然也比其他動物種類面臨更艱巨的危險。」產婦死亡率，危及生命的分娩，產褥期的死亡。每一次懷孕，即是一次冒險，因為會發生深遠的改變，削弱身體功能。母親與孩子共有血液循環，過多的菸酒將危及胎兒健康。分娩是種獨特的傷害，光是失血便充滿危險。下蛋不過是雕蟲小技。瑪塔阿姨生第五個孩子的時候死了。不過，當時每三個孩子就有一個夭折。提早到來的天擇。

「在生存競爭中堅守下來的生物，要面對無數沒達到目的的競爭生物體。我們今日能在這裡，是因為其他生物還在路上。」幾個星期前，城裡的公車上有個男子中風。他一直跟著公車在垃圾掩埋場旁的終點站和城中的小港口來回好幾次，等到晚上公車回到停車場，司機才發現他。一切為時已晚。十二個鐘頭奄奄一息搭著車。如果每個人都能為自己做好打算，對大家來說就是種負責。

「生物死亡後，通常會開始分解。蟎、蛆、潮蟲和其他一系列微生物會消化屍體，但是最重要的任務主要由真菌負責！真菌不屬於動物，也不屬於植物，很久以前便與其他物種切割開來，自成一界，有自己的領域。是第三種生物形態！」像我們一樣，都是單細胞生物的後代，原始大陸的先驅移民者。

「我講的不是雞油菌，或是晚餐在鍋子裡炒的高度培育的蘑菇，而是消除每天出現的垃圾、死人和死掉動植物的生物。萬物皆會受到某種真菌的分解，沒有一物逃得掉。」真菌雖然沒有消化作用，也沒有感覺器官，卻擅長利用他物的遺體，只從其他死亡者的殘餘中攝取營養。牠們本身的意義遠遠被低估。這類分解者將生命的基本原則體現得最為明確。以他者的死亡維生，當然所有生物都是如此，這是生存者的原則，同樣也是高度發展生物的原則。然而那是禁忌，沒有誰願意承認。

「少數生物體卻能免於被分解，牠們的遺體或殘餘埋在沉積層中，度過漫長的歲月，向後世展現其原本樣貌。前提是，只要牠們有機會被挖出來。」不是經過精挑細選出來的物種代理人。嵌在銀亮頁岩中的原始十足類，陶土裡的黑色針葉樹，粗厚鱗片宛如玻璃陶瓷般的原始魚類。夾在石灰層之間，像被壓扁的乾燥花。被時間的重量壓成化石，成了自己的影子。褪色的身體，乾燥的屍體，被壓成圖片，貨真價實的藝術。也是孩童的寶貝，如母親從南斯拉夫帶給她的石化海膽，還有封在酷似玻璃的琥珀中的蚊子腳。石化的章魚硬殼大量放在育苗盤之類的格子中，那是已絕種章魚的殘餘肢體。從第三紀的果實——又小又黑又圓，像兔子糞便——到西伯利亞冰洋海岸完整保存下來的猛瑪象，被徹底冰凍，

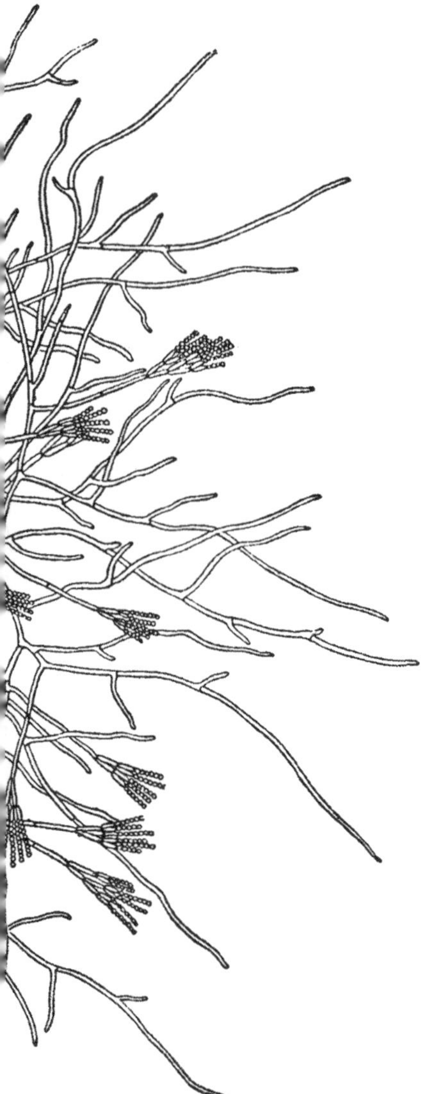

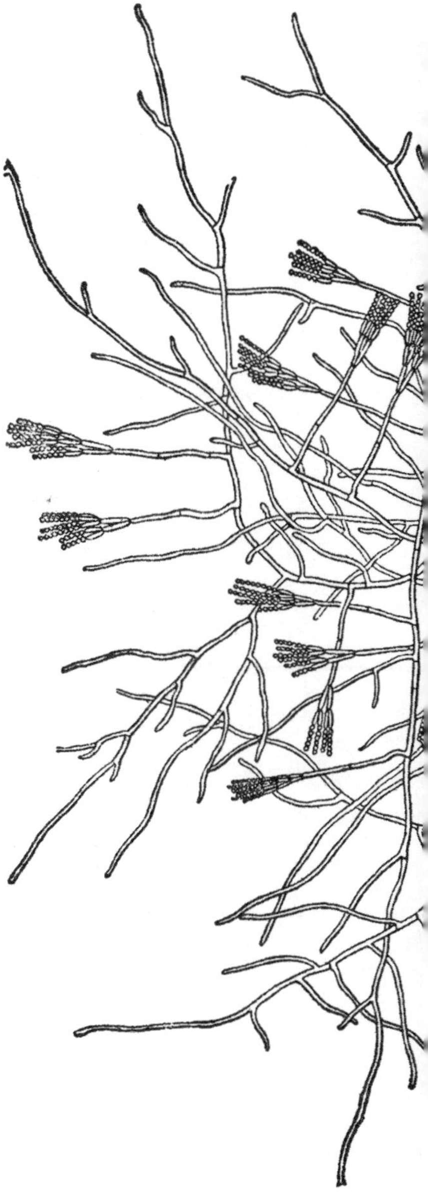

完全僵死。她不是和克勞蒂亞看過一部影片，片中有名男子被冰在冰層裡，十年後再度被挖出嗎？研究人員特別重建他生前時代的樣貌：雅致的八字鬍、鐘形裙和公園裡的馬車，電視機藏在古典雅致的櫃子裡。

「正因為有了化石，我們才能瞭解以前的生活。它們是演化論最重要的證物。所謂演化論，就是物種發生變化及其共同起源的學說，闡述微小一步產生的巨大力量——而這其中跨越了不可思議的漫長時間！說明萬物彼此相似且無法切割，即使外表南轅北轍卻休戚與共的真相。」一個沒有數字、公式和實驗的理論。瞭解了它，就能瞭解生命，解開世界的謎團。卡特納應該講這些才對。

「化石是演化的見證者，是其污點證人的過渡動物。」是一種聽證程序，然而過程漫長持續，採證從未終結。不斷有古老的新跡象被確認，匪夷所思的動物等意外證人被傳訊：如白堊紀就已絕種的腔棘魚，死裡復活；或結合不同物種單獨部位的想像中生物鴨嘴獸。鴨嘴獸屬於會哺乳的單孔目動物，一個很早就被分隔出來的獨行俠，所有物種之間活生生的連結者。也是兒童繪本中的動物。在繪本中，牠的頭部、軀幹和屁股始終能重新組合。鴨嘴獸有烏亮的圓眼睛、微小的耳孔和鴨嘴，腳有蹼，尾巴似海狸，是一種四不像的動物，且至今仍然存活著。牠是繁茂灌木叢中一根絕種的細枝，還是譜系樹上一株重要的分枝？對常識的一種傷害。

教室後面的牆壁最近放上顯眼的彩色週期表，分子式收藏在閃亮的盒子裡，井然有序，至少整理過了。人類永遠是收集者，是人屬中唯一存活的種，且必須創造並非屬於人類天生本性的秩序。應付生命，有兩種策略：全然接受，抑或嘗試理解。去掌握全局，查明、闡述，從中披荊斬棘。化石證據鏈中仍有許多疏漏待填補，兩個動物種類之間的裂縫仍有待消弭。那是一個龐雜的叢林。人類希望再度改寫種系發生史，期待循跡發現兩個物種之間失落的共同祖先，找到欠缺的環節，一種回到海洋的陸生動物，鯨魚的祖先。我們至少清楚自己要找什麼，一切昭然若揭，只是尚未被發現。

重新組合化石碎片，將一些骨頭放到聚光燈下。露齒而笑的各個頭顱，隨著年代不同，越變越大。大腦比例再多幾個立方公分，所有內臟中最高等的器官被危險地高估了。四副哺乳動物的骨架呈現了人類的形成。類似人猿的祖先脫掉獸皮，以腳站起，用爬行能力交換了雙足站立，一雙平坦的腳。雙手於是空了出來，勞動於焉展開。接著眉毛上方隆起，下巴變得寬平，出現一個全身脫毛的人猿，儼然像個老人。我們唯一仍然存在的親戚。鏡

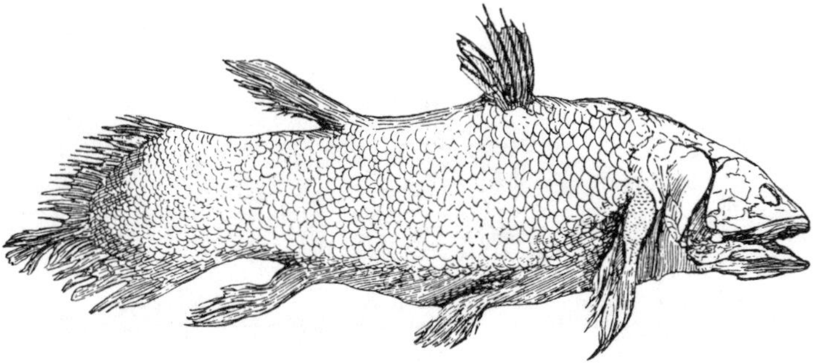

子前的黑猩猩，濃霧中的大猩猩。或許人猿是人類演變的？研究人員俯身在少數幾根骨頭上方，更進一步窺探黑暗的過去。那是有著女性名字的骨骼，只有半副骨架的露西（Lucy），還有化石艾達（Ida）：狐猴式的原始哺乳者，蜷縮的小型靈長類動物，有著潮濕的鼻子，大幅伸展的貓尾巴，兩隻畸形的吸血鬼小手。姿態宛如母體裡的胎兒。被發現時就這副模樣，蜷曲成一團，貧困窮苦，引人憐憫。這就是人類朝思暮想、渴望得心痛的祖先？連遠房姨婆都算不上。我們與曾經存在於地球上的每一細胞群都有間接的親戚關係。

「請翻到下一頁。」始祖鳥出現了，披著羽毛的爬蟲類，最著名的過渡動物，今日兩類已切割開的物種的連結者。雙腳彎折，兩翅岔開，脖子往後仰彎。被壓得又扁又平，彷彿被車輾過。她看過柏林的博物館那個標本，被封在玻璃裡，在化石中最為名聞遐邇。有個孩子問道：那是隻鳥嗎？

「始祖鳥表現兩個動物種類的特徵：牠有羽毛，卻無喙，但是顎骨有牙，還有彎爪，天生有胸骨，以及延伸到尾巴的脊柱。體型不會大於鴿子，卻頂多飛得和雞一樣高。牠能用爪緊抓住樹幹，有時候也會跌落，或者在枝幹間展翅滑躍，但無法真的稱之為飛翔。」把早期的先鳥當作始祖鳥，但有羽毛並不代表什麼。所有鳥類都要經過拍翅的預備階段。

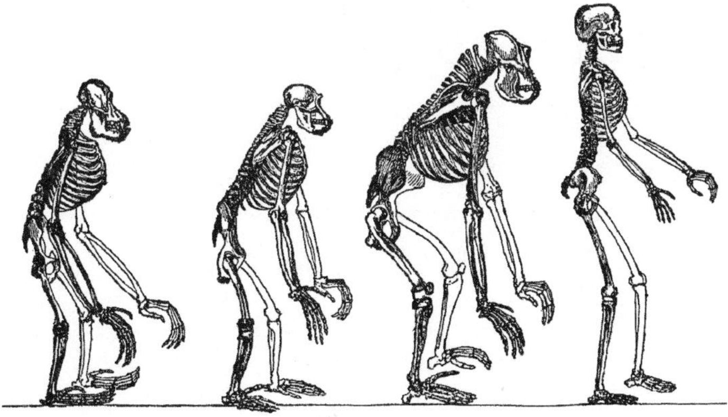

從演化史來看，始祖鳥屬於飛行能力前期的鳥類，而鴕鳥則是後期。飛行反射作用始終存在，卻欠缺堅硬的翎毛，無法在飛行時截斷空氣。

「種系發生史上當然也有人類的位置，特徵顯現於似乎不太重要的小細節上，闌尾、尾骨，還有智齒。」萎縮的器官，無用的特徵，不會造成大傷害，只是每天扛在體內，是我們仍身為動物的過去留下的紀念品。埋藏在自身體內的化石，原始人就蹲踞在我們之中。

「有時候會出現祖型再現。那時，人類會被他的過去逮住，少數個體身上突然出現早被我們擺脫掉的特徵，例如胸部上方或下方的多餘乳腺；耳朵如同狗耳或貓耳般尖起；像尾巴一樣突出於屁股上的尾骨。」

不可思議的眼神，他們或許心底暗想她滿口胡扯。然而，那是事實，所有人都經歷過。出生前還在母親肚子裡時，我們便體驗到歷經三十七億年、艱困的人類形成過程，全濃縮在九個月中。所有重擔存在於我們的骨頭裡。我們是東拼西湊的作品，過去部分的總和，純粹是拙劣的臨時替代品，充斥多餘的特徵。我們拖著過去前進。過去，形塑了我們今日的樣貌，因此有必要加以闡明。生命，不是一場戰爭，而是重擔，必須盡其所能扛起。從第一口呼吸開始，任務即已展開。人類從頭到尾始終處於勞務之中。人從來不會死於疾病，而是死於過去。一個讓我們無從對這個現代預做準備的過去。

「解剖學上來看，我們始終是獵人和採集者。」如三兩成群在疏林草原遊蕩的尼安德塔人。人類早就不適合當前的時代，他們仍被絆在舊石器時代，在其後一拐一拐跛行。我們的後裔可能才有辦法勝任這個現代。不過，他們應該是生活在全然不同的世界，對我們而言，就像石器時代洞穴生活一樣陌生的世界。窗外樹枝迎風搖曳，一輛拖拉機緩緩開過，在柏油路面留下泥濘的車輪痕跡。小時候，她常以為人的成長可以趕上別人。只要再兩年，我就和你一樣大。

實習老師絕望地衝出教室，把自己關在廁所裡崩潰痛哭。就像班卜格那般精力耗盡，她已請了好幾個星期的假。診斷如同一場勝利，傲慢自大。所有實習老師都筋疲力盡。若是不夠堅強，將無法長久忍受最前線的工作。大學第四學年末最重要的學校實習剛開始時，日子痛苦煎熬，宛如跳入冰冷的水中。新老師就像等待被射擊的飛靶。學生這些暴徒嗅到了恐懼，每個星期都會想出新名堂。權力握在他們手中，而他們永遠是主要多數，老師則是孤零零一人站在黑板前。剛開始，還希望在他們的哄堂大笑中找到認同與合作，設身處地，互為一體。但是她學得很快。由於她得永遠站在黑板前，獨自面對全班學生，因此必須建立威望，主動出擊。關上教室的門之後，四十五分鐘的上課時間可以很長。這是首要克服之事。全神貫注。他們堅定不懈、伺機等候，要看到有人失敗才肯罷休。老師只要犯個錯，將萬劫不復，因為他們記憶力驚人，而且緊密連結成網。唯有不犯錯，才能扭轉形勢。最重要的是，一開始就必須嚴格帶班。他們很可能會逐漸退縮，至少理論上如此。要強硬嚴厲，要堅定一致。不可有例外，也不可偏心。務必令人無法忖度。學生當然是敵人，屬於學校這個關係組織的最底層。洛馬克的名聲很快便人盡皆知。

「我們舉打嗝為例。打嗝不過是從鰓呼吸延續而來的。」

她輕輕敲起了自己的胸腔。

「生物體的形態或許變化多端，構造藍圖卻是一目瞭然，簡單易懂。花朵有五至六片花瓣，陸生脊椎動物有五根手指。」脊椎動物無非只是翻肚的蟲，腸子在前，神經系統設置在後。外表柔軟，因為內部有副骨骼。人類是兩面動物，兩隻眼睛，一顆心臟。有脊椎，不過沒有骨氣。人類應該再次從頭開始，但沒人辦得到。這是唯一公平之處。但那如果流傳出去，就毫無紀律可言了。不用多久，大家應該只會叫她英格，那麼三十年的經驗將付諸流水。準確地說，應該是三十年半。

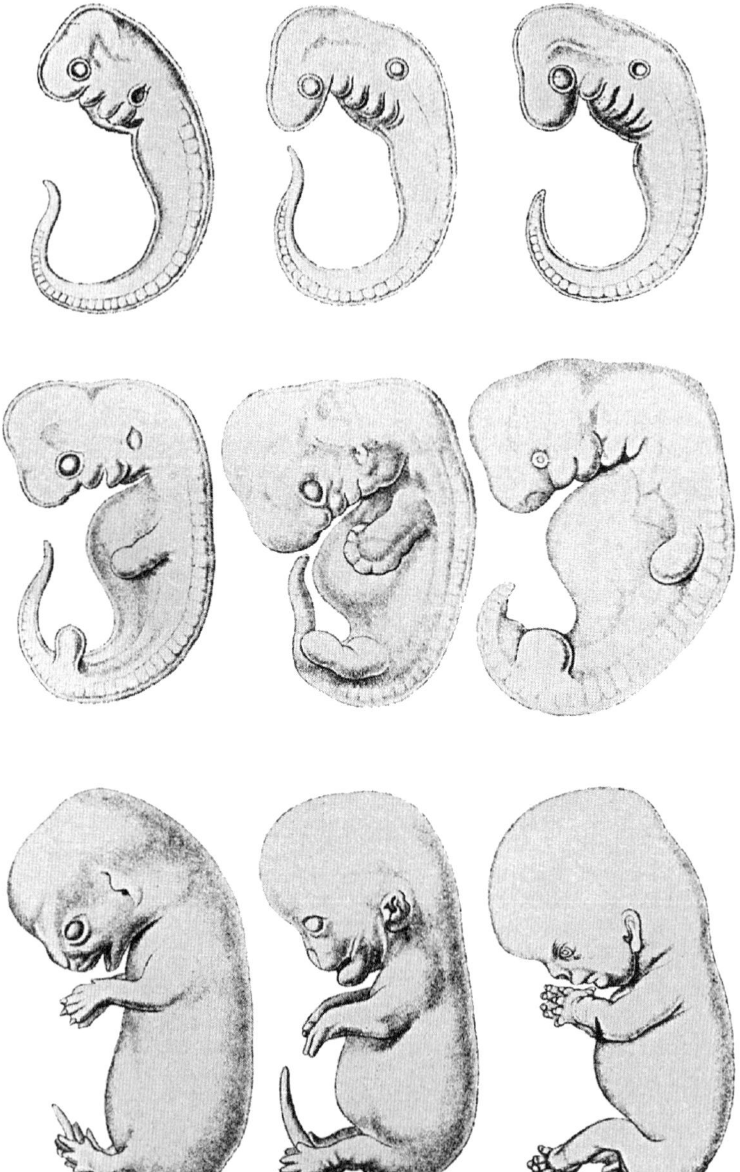

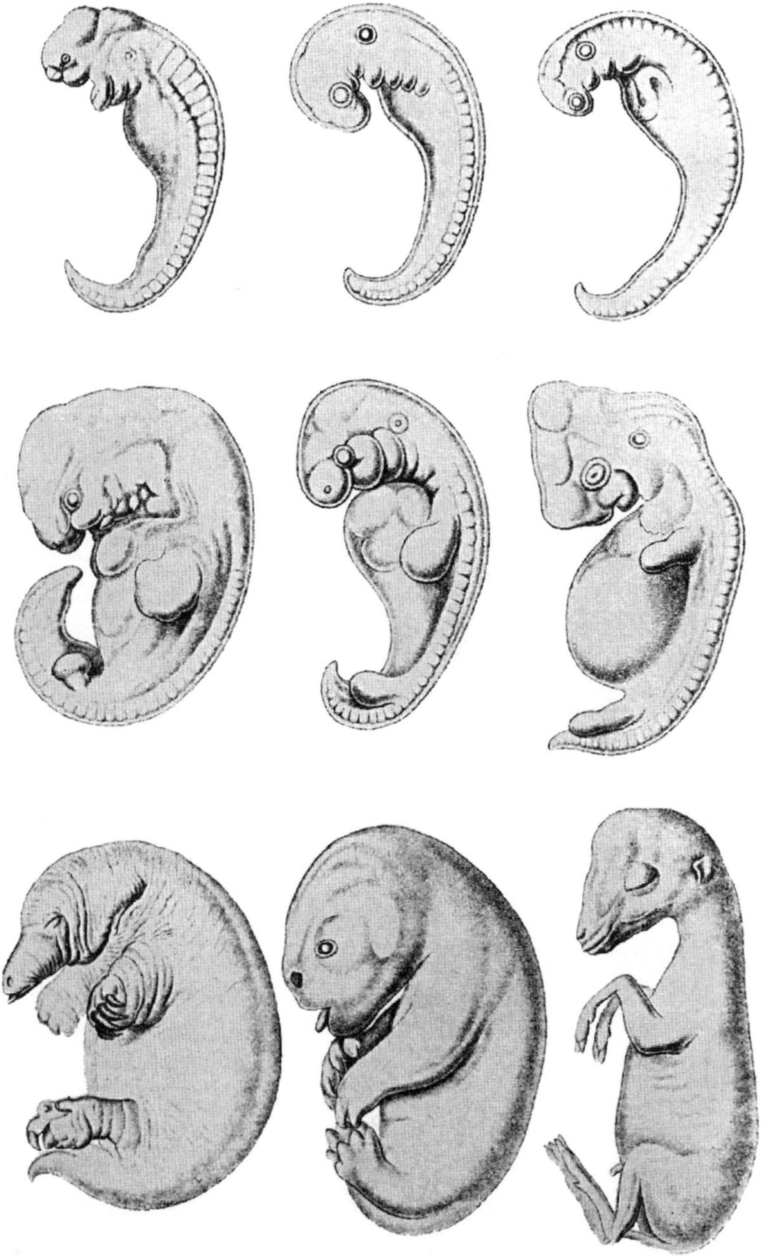

她將投影機推到講桌前方，把投影片放在玻璃上。燈光太暗，陽光太強，稍微拉上窗簾。鏡頭不僅放大了圖片，連積在機器上的粉筆灰也跟著明顯起來，必須不斷擦拭乾淨，終於能看清楚圖片。六張長得像鹿的動物黑白畫，畫中動物正在吃樹葉，身上的紅棕色大斑點有稜有角，脖子細長。每張畫上的動物一隻比一隻大。第一張投影片中，兩隻短頸動物身處於疏林草原，正在奮力伸展，是成為真正長頸鹿前的樣貌。

「你們都知道，長頸鹿生活在內陸非洲的疏林草原，那兒雨季短，旱期長，土地又乾又貧瘠，只有抓根深的樹還長著葉子，而此類樹葉往往是長頸鹿唯一的食物來源。這種動物伸長脖子時，高度約莫可達六公尺。前腳比後腳長，脖子堅固延伸，身體頎長，舌頭也一樣很長。牠們整個身體構造高度專業化，全是為了能夠吃掉高處的樹葉。但是長頸鹿如何——」

敲門聲。大概是外面某處傳來的吧

「……長頸鹿是如何演化出這麼長的脖子，有完全不同……」

又來了。是她班上的門。怎麼回事？

「請進！」聲音嘹亮，力道十足。

門一下就被打開，來者是卡特納。站在門口的他感覺生硬又拘泥，臉色灰白。他走了進來，站定，向全班點了個頭。學生這時全坐直了身子。

「請您見諒，同事。」

在學生面前，他對她總是使用尊稱。憂慮的目光。他想做什麼？他知道了什麼嗎？

「我很不願意……」清了一下喉嚨，手遮著嘴。「……打擾您上課，可是……」

結束了。

「怎麼樣呢？」

她搶在他之前開口詢問。別在全班面前，別引起注意。這裡是她的地盤。投影機嗡嗡作響。保持冷靜。雙手放在桌緣，講桌剝落的邊緣。

「……您可以來一下嗎？」

鬆開手。

「當然沒問題。」

不過她得帶上皮包。無一事是安全穩當的。儘管跟著去，昂首闊步，抬頭挺胸。別被人察覺任何事。安全穩當什麼也不是。卡特納低垂著頭等在一旁，想讓她先行，像要押走她似的。的確也是如此。他從哪兒知道了什麼嗎？她啪的一聲扣上皮包釦子，再次挪動長頸鹿的投影片。走向門口。

竊竊私語。交頭接耳的，都滿嘴謊言。

「大家自修，我馬上就回來。」

應該不會耗掉太久時間。但或許也會。結束，完蛋。沒有說再見。門被關上。

「怎麼回事？」

「等會兒再說。」

牆壁上掛著水母和睡蓮。她跟在他後面走下樓梯。他健步如飛，彷彿一刻也等不及。他幫她打開門，但是完全沒看她。走廊上暖氣不夠充足，她應該帶上外套。空氣冷冽清新，脖子涼颼颼的。卡特納繼續領在前頭。自從被禁止多加發言後，他似乎還沒盡興。先是家長之夜聽到的抱怨，然後是教育局長指示不准縮短休息時間等。因此一定要有點事情讓他發揮才行。地區學校去年度解聘了一位老師，因為他在音樂課上教唱軍歌，像唱了酒似的開懷輪唱。顯然絕對不適宜青少年。他頂上光禿，頭髮捲在後頸。或許有人打電話給她？國外打來的。但那裡現在是午夜。或許是贖金。在林子裡搜尋線索。

卡特納的手放在門把上，目光嚴峻，表情嚴肅。他打開門，露出了愛倫的方形臉。她就坐在裡面，頭髮凌亂，眼睛腫了起來。她完全忘了愛倫這個人。苦難的堆疊。

卡特納脫下外套，掛在衣架上。兩手叉腰，準備大發議論的姿勢。

「妳聽過監督責任這東西嗎？」

他蹲下來，傾身對愛倫說：「愛倫，說說看他們對妳做了什麼。」

宛如接受到指令似的，她開始放聲哭泣。

他站起身，嘆了口氣。

「可以了，到外頭等著。妳今天不需要進教室。」

她拖著腳步走出去，連帽風衣外套上有綠色條紋。

他在愛倫身後關上門，搖了搖頭。

「這孩子完全嚇壞了。」他拉開窗簾，開了點窗，然後轉過身，深吸一口氣。

「妳究竟知不知道自己班上發生了什麼事？這個學生已經好幾星期，甚至好幾個月，遭受有計畫的刁難，甚至是虐待。」

他坐了下來，顯然感到驚慌錯愕。「我在男學生廁所發現她。妳簡直無法想像她的狀況有多慘。」護城河在嬌嫩的新葉間若隱若現，環形大道旁的房子被陽光照得金黃。那些房子現在應該被拆了才是。

卡特納又站了起來，朝她走近一步。

「妳呢？」雙手抱胸。「妳真的毫無耳聞嗎？」

他們現在勸服老婦人們搬去住在一起，最起碼還能維護一棟房子。這是強迫式的集體化，但可能還是比養老院好。

「這種狀況到底多久了？」

「什麼狀況？」

他現在真的火冒三丈了。

「妳班上一個女學生好幾個星期，甚至好幾個月的時間被同學折磨、霸凌，而妳卻不聞不問？」

這處地方始終被當成東方，五十年後應該也不會有多大改變。而培養一段關係，需要兩倍的時間。

「妳在聽我講話嗎？」

有的，她正在聽，每個字都聽到了。這不是什麼大不了的災難，不過是小小的隕石撞擊。每個人身上都會發生。那只是「群體動態」（Gruppendynamik）造成的。她每個字都聽進去了。

「班上的氣氛非常糟糕。我早該知道妳不適合帶班。一切都記錄在報告裡。上課時粉筆灰漫天飛舞不潔淨，缺乏人際處理技巧，而且性格僵化不知變通。可是我相信薑是老的辣，還力保妳教到學校關閉。但是，現在一點也不好玩了。妳必須承擔後果。」

牆壁那張空拍圖上，兩個字母般的建築坐落在綠地上。蜿蜒的護城河，宛如臍帶。一條停滯的水流，沒有出口通往湖海，散發著難聞的氣味。要和沃夫崗分手，已經來不及了。

「妳可以走了。」

外頭的走廊仍舊空無一人。每一堂課都宛如永恆似的，永無止境的四十五分鐘。下週的代課表映入眼簾，班卜格缺勤，暫請病假。又來了。聽說她還起過自殺的念頭。承擔後果。什麼事都他說了算。而我們都這樣做，而且現在是在我們的地盤。一切都是他定的規矩。四周靜謐無聲。暴風雨前的寧靜，抑或說是暴風雨後的寧靜。她的腳步聲，響徹走廊。規則有何用處？終點站。那不關她的事。她和這事有何關係？壓根也沒有。每個人都必須自我負責。某處傳來學生的聲音。當然是她的錯了。要去哪兒？回去，回到教室，繼續上課。工作和規則。她還剩下什麼？什麼也沒有。一切應該都會消失，早或晚的問題。不過，大部分是在措手不及間失去的，正如現在。

外頭牆壁上的火箭，騰空飛射。天空依舊藍得不可思議，濃密的白雲飄蕩而過。路旁的紫丁香，不久就會綻放。雪果，宛如乾燥的鞭炮。愛倫坐在長椅上，磚石縫中丟滿了菸蒂。專科教室，還有美術教室的彩繪玻璃。

爬個三階，便已上氣不接下氣。她曾經優良的體能上哪兒去了？水母一如往常耀眼燦爛，美得脫俗。廁所有人沖馬桶。凱文的聲音響起，哄堂大笑。她一走進生物教室，笑聲戛然而止。

又是他們。一群人站在黑板旁邊：兩群長頸鹿走向彼此，長頸的對抗短頸的。誰會贏呢？誰會成為長頸鹿，成為神奇的動物？頭部距離心臟兩公尺。心臟必須非常強壯，才能將血液一公升、一公升透過脖子往上送入大腦。脖子只由七塊骨頭組成，卻長達一公尺。陸生哺乳動物中最高的動物。策略正確。萬物皆有其作用，有其結果。再過五分鐘就下課了。課還是要上。好吧。

「你們都看見了，長頸鹿的祖先需要更長的脖子，才能吃到高處的樹葉。牠們的祖先外表看起來近似羚羊或鹿。你們想像一下，這種動物在乾旱期站在相思樹下，因為饑腸轆轆，所以盡力伸長脖子，或許還會躍起，想跳高一點，吃到樹葉。顯而易見的是，牠們當中脖子天生比較長的，存活的機會相對較大。因為牠們可以吃到食物，無競爭對手與之爭食。因此，邏輯很簡單：脖子較長的長頸鹿，活得也比較久。而活得久的，繁衍後代的可能性也越高。當然，許多動物——包括頸子不太長的——都努力想吃到葉子，所以日復一日一再嘗試。總是會有動物費盡氣力，企圖得到眼前的食物。牠們時時訓練自己，久而久之，便習慣不斷伸長頸子，此一習慣逐漸成為自然而然的生活方式。總有一天，牠們終將得到回報，也許是牠們的孩子，或者是孩子的孩子。脖子逐漸變長，過程雖然緩慢，卻穩定前進。而這種跨越世代、持續不輟的努力，自然而然延續到後代身上，牠們同樣努力伸長脖子。就這樣，一代傳一代，長頸鹿於是有了長的脖子。而其他不夠努力的動物，依然是短頸，最後走向悲慘毀滅。我們所有人都迫於環境而必須努力奮鬥；所有人都試圖靠近難以達到的樹葉，靠近結在高處上的果實。人眼前必須設定目標，訓練才有其意義。長頸鹿之所以得到長脖子，正因為牠們不停往較高處的葉子伸展，透過這種堅定不移的努力，以及毫不改變的習慣，脖子於是逐漸拉長，就如同我們透過運動，練出一身肌肉一樣。生命，就是不斷地伸展。沒有人能例外。有時候，目標彷彿伸手可及。然而我們仍須努力，才能實際達成目標。我們每個人都潛藏爬向高處的渴望，希望更上一層樓。特別訓練身體特定部位、個別器官，在持續不懈的努力之下，這些部分將有所提升！你們的訓練將被引導至特定方向，當然是朝向期待的目標。因為訓練是**一切**的根本！外在的作用並非徒勞無功，而是能形塑性格，培養嗜好，端正舉止，鍛鍊身體，影響擴及一切。而一切，會導向某些結果，也會吸納精華，總會有利於某件事。一切皆有其意義，生死亦然。付出的心血不會白費，能量絕不會白白流失！環境當然會影響我們，所以適應至上。習慣，塑造了人類。環境一旦發生變化，生活於其中的生物體也會跟著改變。如今沒有一個生物體是獨立於環境之外生存的。」

下課鈴聲響起。

但是她還沒講完。

「因此，長頸鹿的祖先持久不倦地向相思樹的葉子伸展，當然會產生效果。經過許多世代和漫長的時間之後，牠們終於形成這長得不可思議的脖子。就如同人類的祖先為了方便觀察敵人和獵物，在荒原中不斷挺起身子，最後終於能夠完全直立走路。前人種樹，後人乘涼，每一代都會蒙受上一代的恩澤。萬事萬物環環相扣，互為基礎。我們唯有努力，才能取得成果。一旦怠惰懶散，將喪失曾經學會的能力、失去曾經掌握的一切。那麼，一切只是枉然。肌肉鬆弛，思考能力退化。因此，我們必須自我訓練，要竭盡所能，努力不懈，要去學習，並經常複習所學的一切，絕對不可半途而廢。我們每個人都必須伸展自我。只要真正付出努力，一切都是有可能的。」

她到底在講什麼？她精力頓失，全身虛脫，必須坐下來才行。

「沒有家庭作業，你們可以下課了。」

筋疲力盡。

「運動開始！」女孩排成一列，眼睛直視前方，但是眨巴個不停。因為陽光。

「今天打躲避球，訓練妳們的體能。請分成兩組。」

頭暈目眩，必須再坐下來才行。不遠處有個長椅。坐下，伸展兩腿。現在好多了。女孩們正在挑選隊友，挑選的原則永遠是受喜愛程度優先於運動表現。發球，比賽開始。

生命是沒有目的且偶發的，卻是無可避免的。理論上一切皆有可能，實際上卻非如此。人會描繪美好的想像，然而日復一日始終只是同樣的東西。要符合情況，要視情況而定。事情產生變化之前，總是需要耗費許多時間。然而等到事情真正有所改變，卻也是往錯誤的方向而去，且速度驚人。不論一個制度是否比另一個還糟，回溯既往來看，一點也不重要。自然，不會有所跳躍，但是歷史會。若長久以來僅盯著一個污點看，只是有害無益。每一起大事件都純粹被當成歷史描述，而且總會有個別的事件加進來。但要闡述博物學，唯有根據順序，唯有魚貫而行，一個接著一個，一個源自一個。靈長類是以視覺為導向的哺乳動物，屬於視覺動物。從阿米巴原蟲到人猿，從蚊子到大象，一條「存在」之鏈，人性的提升。一系列的事件，是不折不扣的過渡階段，尚未完成的生命。在演化中，成功是什麼？牌一再被重洗，只要拿到一手正確的牌，就贏了。

女孩們排好陣容。球無精打采地飛來飛去，難怪沒人被打到。她們躲著球，擠在球場邊緣。丟球，是一種技巧，須鎖定目標，最好設定肚子，而且先打胖子，因為可攻擊的面積較多，一球即可解決。命中目標，被打者離場。

人必須決定要攻擊，還是逃開，或者保持現狀。純粹的本能行為是成功模式，因此必須修復天生的本能。像三百萬年前一樣嗅聞，再次用四肢走路。倒退，在更高層次上，反而很可能是一種優點；是一種未來的利益，彌補損失之後，還有盈餘。一點小小的退步，才能向前邁進。重點在於：要動。朝後邁向未來。曾經有人嘗試培育出以前的原牛，至少是一隻類似的牛，有強壯的頸項和大幅延展的牛角，將突出的本質變成特徵，飼養在大自然中。我們應該野放所有在柵欄內苦熬生活的動物，如黇鹿、摩弗倫羊、歐洲野牛、野馬、棕熊。那麼人類呢？人類是一種自我馴化的動物，不是出於生物必然性，而是偶然的產物。是誰說所謂演化是好事？演化就是演化，此外無他。然而，凡事並非沒有優先順序、沒有價值評斷。好，比較好，最好。即使是完美的眼睛，也會因此失去活力。倒退，是一種適應策略。

栗樹花苞黏呼呼的葉片掉落在潮濕的沙地，校園中，有一個塑膠袋被風吹得湧騰翻滾。第一批出局的人站在界外，幫自己的隊友加油。比賽尚未分出勝負，一切仍懸而未解。

每種結局，都是開放式結局，懸而未解。演化，來自於演化。是被打開的隱藏物品。從簡單到複雜，就像「核心課程」（Kerncurriculum）一樣。即將到來的完美化，持續不斷的適應。所有生物體似乎都朝一個目標邁進：不論是原始魚、遠古的蝴蝶或原始的爬蟲類，

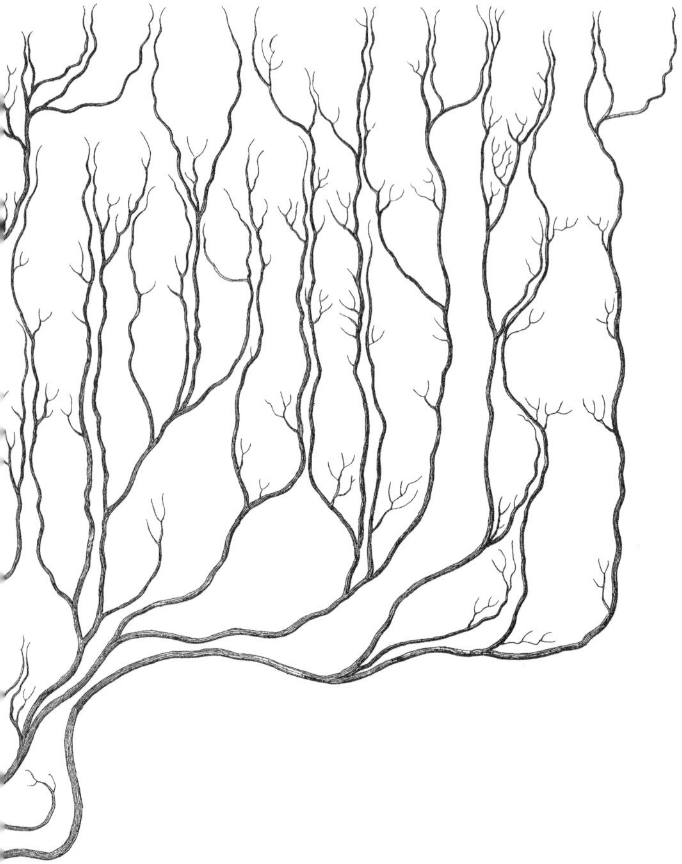

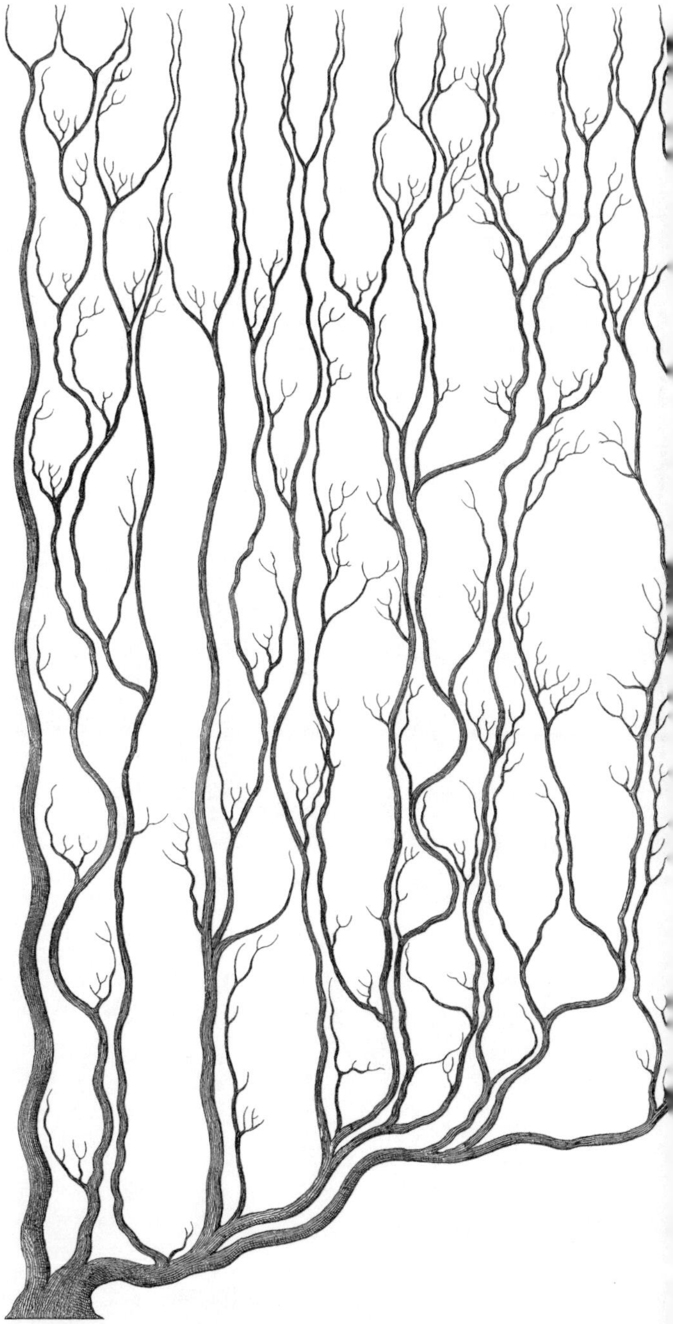

基本上都希望成為哺乳動物。而每一個智人，都渴望成為完美無瑕的未來生物。推動我們前進的是競賽，以及天生喜愛進步的傾向。爬上坡，再高一點，再快一點，再遠一點。就像長頸鹿的脖子。水淹到了脖子。最高枝椏上的櫻桃，格陵蘭的冰河。牠們不需要我們。

大部分的規則是清楚可識的，砍伐森林，栽培植物，馴養動物。一座露天博物館，但是一切被安排得井然有序，各有其所，展示著不同物理狀況的有機材料和無機材料。那麼偶然又代表什麼意義？人根本無從想像偶然，何況是目標。目標導向，什麼也不是。然而，死亡卻是終結。暫時的結束。先行發生的一切，全成為後來者的條件。而後來者會越來越聰明。至少懂得思考。人類之後，會出現什麼呢？沒有回頭路。若不是「乃應存在」（Seinsollende）之物的話，又會是什麼？

出局者在場邊等待新加入的人。已經出局了，卻始終在場。三對三。女孩們高聲大笑。一個學生躲過了球，她的閃躲花招非常荒誕，肢體大幅扭曲，或是蹲下，或是用手撐地。她現在跌倒在地，有一位同學扶她起來。繼續打球。球的力道更強勁了，啪的打到大腿，命中目標。出局。

贏家確實是能力最強的人。取得勝利者，有其獲勝的理由。在自然界中，沒有不公平之事，一切都是天生自然，取決於事物的本質。存活下來的人，代表了勝利。不對，並非如此。生存下來，就只是生存下來。就是這樣，結束。今日的例外或許是明日的規則。螺旋一旦運轉，將無法再被阻擋。唯一確定的是萬物不會維持原來的樣子。恆常不輟的轉變，無法停止，連續不斷，不容挽回。這是一個活躍有力的星球。完美需要追求，但無法預見。沒有所謂的進步，進步不過是一種迷思。一切都是不完美的，但並非毫無希望。現代只是一個過渡階段，人類是臨時補缺者，每一種結果只是期中結果。一切都是暫時的。正如同漢斯常說的：「最後正確的都是天氣，不是天氣預測。」複雜的物種從來都延續不久。

比賽始終非常緊張。有一個肌肉強健的矮小女孩在場內跳來躍去，如同一頭野生動物，牙齒皓白如瑩。空氣清新，令人心曠神怡。

她第一次提出這個問題時，正在泡澡，浸泡在放在餐桌上的橢圓形錫盆中。熱水是從爐上的鍋子倒出的，溫水來自連接著煙囪的爐管，冷水直接從水龍頭流出來。母親正在幫她擦洗。有點硬的澡巾擦過耳後，洗過腳趾。綠色的洗澡水中有一艘木船，是印第安人的獨木舟，是父親有次出差買回來送她的。那裡和這裡有什麼不同？她那時候大概幾歲？還在讀幼稚園。但是用錫盆洗澡已嫌太大，兩條腿掛在盆外，腳都沒泡到水。又問了一次問題。眼睛望向天花板，望向燈光。燈是用牛奶瓶做成的，裝在一根棍子上，球形玻璃瓶熾熱得發燙。沒有回答，沒有要講話的徵兆。什麼都沒有，思想空轉。她自己也想像不出來。不過她當時心想：我一定會在學校學到的。

現在換邊，回到開始。紅通通的臉頰，上氣不接下氣，有些學生甚至冒了汗。所有人又回到球場上。被切割的樂趣，再次從頭開始。

克勞蒂亞大部分時間都一個人。雖然她付出許多努力，始終交不到朋友。她的成績很好，名列前茅，卻很難在班上貫徹她正面的觀點。換句話說：她不受人歡迎。

有時候她會哭著回家，因為又遭到同學欺負。他們折斷她的鉛筆，將毛衣拉出一個又一個洞，洞大到沒有辦法縫補，或是偷走她有多種顏色的原子筆。但是她從不抵抗。

就連那個星期五也沒有反抗。最後一堂課，大家早已心不在焉。已經開始上課了，第三排克勞蒂亞的座位還是空的。第三排，遠離講桌，遠離著她。她後來進來了。門開啟一道縫，克勞蒂亞無聲地掠進教室，看上去精疲力倦，應該是發生了事情，哭腫的臉被頭髮遮住。克勞蒂亞忽略同學的目光，腳步沉重地走回自己的座位。她轉過身，背對全班同學寫黑板。這時，克勞蒂亞忽然放聲尖叫，聲音大得驚人，令人毛骨悚然。她回過身，克勞蒂亞的桌子凌亂不堪，生物課本躺在地上。克勞蒂亞站起來，衝向前，直接朝講桌而來。她的雙肩聳起，縮著頭，向她伸出雙臂，嗚咽地喊著：「媽媽。」她呢？「妳想從我這兒得到什麼？」這是她說出口的話，接著將她一推。她想要她怎麼做？克勞蒂亞跌倒在地，躺著不動，全身扭曲，不停地哭泣，就這樣倒臥在走道上，在座椅之間，在班級中央。她全身抽搐著，幾乎喘不過氣來，眼淚流進嘴裡。她閉著眼睛，又抿住嘴唇，仍無法停止哽咽。媽媽。在全班面前一直哭喊著：「媽媽。」像個小孩。她當然是她的母親，然而更是她的老師。克勞蒂亞躺在那裡，沒辦法控制自己冷靜下來。沒有人向她走去，沒有人安慰她。連她也是。在全班面前，不可以這麼做。絕不可能。她們是在學校，而現在正在上課。她是洛馬克老師。

一陣強風襲來，枝葉搖動。兩隻腳感覺麻了。再度換邊。有幾個學生已經換穿短褲，露出赤裸的稚嫩膝蓋，完好未受損傷。蒼白的小腿，腳下穿著運動鞋，在沙地上踩出了痕跡。肌肉緊繃，雙手伸出。球飛得老高，飛太遠了，學生全力衝刺去撿球。比賽再度開始，她們似乎不知疲倦。又有人被打中，非常用力。被打到的人一臉悲傷地離開位置，抱住界外的一個女同學。分擔的痛苦。她們的眼睛全跟著球動。

牆那邊有一群人緩緩穿越校園，微傾著身子，走成兩排，浩浩蕩蕩朝主樓邁進。是退休老人來上課了，他們星期五的課中午便開始了。

她拍拍手。

「可以了，今天的課就到此結束。」

她們手撐在膝蓋上，大口吸氣，再一次整隊。

「下週見。」說不準何時見了。

沒看見沃夫崗的人影，或許在幼鳥圈欄，也或許在孵化器那裡。太陽躲到雲後面去了。左邊是育種三鳥組的圍欄。雄鴕鳥步出棚屋，踩高蹺似的在草地上走來走去，一隻灰褐色雌鴕鳥，保持著恰當距離跟在後頭。兩隻鴕鳥悠閒從容，但有點搖晃不穩，彷彿穿了太高的鞋子，遠看像兩具會跑的燈罩。前進時，脖子稍微前後擺動，始終不停，以穩住重心，彷彿像傀儡木偶，被看不見的線牽扯。身體的每個律動，都先從脖子開始。

兩隻沙漠的鳥類，對什麼都好奇打量，又下意識地瞪著遠方。荒原的動物。很適合。這裡就是一片荒原。從非洲來的，不只是鴕鳥，還有人類。不過，這兩隻鴕鳥在這裡出生，從未見過自己的家鄉。她自己也沒去過非洲。

德明（Demmin）最近甚至又有了生產魚子醬的鱘魚養殖設備，直接供應俄國市場，至少保住二十個工作機會。價值雖小，但意義非凡。另外，在布蘭登堡某處，有一小群水牛在沼澤般濕潤的草地上吃草。全部是外來者，連馬鈴薯當初也是進口的。

即使在貧瘠的地區，鴕鳥也能攝取到食物。這裡的氣候對牠們有益，只有冬季難熬一點。氣溫太低，不適合放牧動物。鴕鳥也不喜歡被關起來。一、兩天或許還行，超過三天，牠們簡直要衝出去了，完全無法忍受。畢竟牠們也是鳥類。

另一隻雌鴕鳥在圈欄小隔間中屈起腿，坐在自己那雙爬蟲類的腳上，胸靠著地，開始把自己浸泡在沙裡。脖子躺在地上，宛如一條蛇似的。牠用短小的翅膀，把沾滿灰塵的穀粒掃過來身邊。另外兩隻沿著沃夫崗裝設在角落的假籬笆旁漫步。雄鴕鳥走近，將頭伸入籬笆上的網孔中。網孔大小剛好能裝入鴕鳥的小頭。鳥類都習慣尋找藏身之處，把自己隱藏起來。即使是較低等的動物，也懂得正確評估力氣和身體規模。鴕鳥卻非如此。牠們使盡全身力量，就為了試著將頭擠進金屬圈或木頭縫中。躲藏的本能。接近鴕鳥時，姿態須屈從和順。鴕鳥軟骨化的腳趾陷在棕色爛泥裡，大腿骨被白色的長毛遮蔽，多毛孔，皮膚上都是疙瘩。柔順的黑色羽翼下方是宛如裙襬的白色絨毛，翅膀短又毫無用處。從一處草叢跑到另一處時，動作非常突然卻又無比靈活，但始終優柔寡斷，始終在好奇與猜疑之間猶豫不定。鼻孔多毛，小小的頭上覆著細毛。眼睛真的很迷人，像兩顆圓滾滾的蘋果嵌在小頭顱上，又大、又黑，晶亮耀眼。睫毛長而濃密。目光警戒而空洞。

某處傳來手推車刺耳的嘎吱聲，鴕鳥立刻縮回頭，伸長脖子，白色的尾羽擺出備戰狀態，嚇唬人的服裝。牠就這麼火速奔走，驚惶失措，搖搖晃晃跑過泥濘的草地。

圈欄裡這時發出嘈雜的聲音，門打了開來，一群幼鳥衝到戶外，又推又擠，大步疾跑，如馬兒般飛速。脖子彷彿鐘擺般的晃動。只要有一隻張開翅膀，其他就會跟著做。一群鴕鳥張開翅膀，繞著逐漸縮小的圓形隊伍四處奔跑，拍著殘存的翅膀，彷彿想飛離地面。踮著腳般旋舞。

響亮的烏鴉嘎叫聲不斷傳來，好似驀地有一隻黑色烏鴉要從天空掉下來。一道光落下，宛如電影中見到的那樣，光圈逐漸加大，萬物全浸淫在光中。雲彩輪廓鮮明，無法逼視，卻美麗非凡。土壤的味道。鴕鳥在草地上飛舞。英格．洛馬克站在籬笆旁，注視著一切。

註釋

1. 實科中學（Realschule）：在德國，小學成績中等又沒興趣讀大學的學生一般會申請入實科中學，授業年限是五年級到十年級。實科中學畢業後，依成績可申請高等職業專科學校。若想升大學的話，則須另外參加會考，成績達標準後才可進大學念書。
2. 斑比效應（Bambi-Effekt）：指會阻止「可愛」動物被殺、卻不在乎或不反對「不可愛」的動物被處死的人，屬於一種不合道義的心理現象。此效應主要源自於迪士尼《小鹿斑比》動畫中母鹿被殺的情節。
3. 該隱主義（Kainismus）：此一名詞源自聖經中該隱殺死自己弟弟亞伯的故事。在鳥類學上也借用其意，表示手足中年紀較長的兄姊天生就會殺死弟妹的行徑。
4. 恩斯特．海克爾（Ernst Heinrich Philipp August Haeckel, 1834-1919）：集生物學家、哲學家、醫生和藝術家等多重身分的德國學者，將達爾文的演化論引進德國，是人類優生學的先驅。海克爾繪製了許多生物插畫，陸續出版一套十本的《自然界的藝術形態》（*Kunstformen der Natur*）。
5. 生育率驟降期：指歐洲在二十世紀六〇年代時，生育率降到低谷。
6. 露出你們的腳來（Zeigt her eure *Füße*）：此句摘自一首德國童謠。
7. 民眾大學（Volkshochschule）：給成人進修的學校，由地方政府直接或間接承辦。

8．世界革命：根據馬克思主義，表示欲以暴力推翻世界各國資本主義的革命。

9．「運動，開始！」（Sportfrei）：前東德的體育課和各項運動訓練開始前，都會先喊這句話。

10．梅塞爾坑（Grube Messel）：位於德國法蘭克福附近的化石坑。

11．預感反射（Kahnstellung，英文為 unken reflex）：指蟾蜍等兩棲類遇到危險時，會全身僵硬不動，露出色彩鮮豔的有毒腹部。

12．啃咬抑制（Beißhemmung），指某些動物天生的保護機制。在動物打鬥中，只要輸的一方露出謙卑屈從的神情，贏者就會停止啃咬。輸家因此免於受到嚴重傷害。

1. 暹羅雙胞胎：指一八一一年在暹羅誕生的男性連體嬰，當時的醫學技術無法使兩人分離，於是一輩子生活在一起，直到一八七四年逝世。後世特以「暹羅雙胞胎」作為連體人的代稱。
2. 期待視域（Erwartungshorizont）：德國文學家漢斯．羅伯特．耀斯（Hans Robert Jauss, 1921-1997）提出的概念，指讀者對一部作品的預期判斷與反應。
3. 斐濟人：東德時期曾引進斐濟外勞，故說此語帶有貶意。
4. 維多利亞女王本身是血友病患者，但父母兩邊的祖先都沒有血友病遺傳史。維多利亞生下的五女四男共九個孩子當中，女孩個個健康，但其中有兩名帶原者，另外還有一個兒子是血友病患者。由於維多利亞女王的後代多與歐洲貴族通婚，將血友病帶進了歐洲皇室。一旦生出有血友病的兒子，壽命通常不長。維多利亞的么子是當今伊莉莎白女王的祖先，他則沒有血友病。
5. 祖先數目減少（Ahnenverlust）：指近親通婚的人與其他人比起來，祖先數量較少。
6. 彩色鍋（Ein Kessel Buntes）：前東德週六夜晚的招牌電視娛樂節目，在大型表演廳舉辦，並請來許多國際歌手表演，主持群也經常輪換。
7. 女代：德文為 Tochtergeneration，即英文的 filial generation，中文為「子代」。

8．拱門反射（Torbogenreflex）：指牛發情時，看見類似臀部輪廓的東西就攀跳上去。

9．星星銀幣：德文是Sterntaler，格林兄弟的短篇童話故事名稱。內容講某個可憐小女孩遇到其他小孩，將身上衣物、麵包一一施捨出去，最後天上的星星掉下來變成銀幣，讓小女孩從此衣食無缺。

10．米丘林（Ivan Vladimirovich Michurin, 1855-1935）：蘇聯園藝學家。李森科（Trofim Lysenko, 1898-1976）：蘇聯生物學家。

11．少年先鋒隊（Jungpioniere）：東德時期的少年共產主義組織，招收六到十歲的兒童。

12．馬鈴薯假期：約莫在十月或十一月馬鈴薯收成時，兒童可以不上學，在家幫忙採收。

13．萬有理論（Weltformel）：英文為Theory of Everything，指試圖將自然界萬有引力、電磁力、強交互作用和弱交互作用等四種基本交互作用統一成一體的理論。

14．摩根（Thomas Hunt Morgan, 1866-1945）：遺傳學之父，果蠅研究的始祖。

15．種內競爭（innerartliche Konkurrenz）：同種生物彼此之間的生存競爭。

16．轉折（die Wende）：一九八九年東德十月國慶前後，各大城市爆發示威抗議，爭取旅行自由、放寬新聞言論等，以及後來的多黨制和自由選舉。是東德史上最大規模的抗爭行動。

17．自由德國青年黨（Freie Deutsche Jugend）：前東德學生必須參加的組織。此處的祕書或也影射在前東德長大的德國現任總理梅克爾（Angela Dorothea Merkel, 1954-），據聞她曾經擔任此一職務。

18．這裡玩了個文字遊戲。「升旗典禮」德文可說Fahnenappell，此字可拆成Fahnen與Appell，即後句中出現的「旗幟」和「呼籲」。升旗典禮是前東德的學校活動，旨在凝聚向心力。但只在有特殊事件的時候舉行，如紀念共產黨或開學前後。典禮中也會表揚優秀的學生。

19．杜勒野兔：阿爾布雷希特·杜勒（Albrecht Dürer, 1471-1528）是文藝復興時期的德國藝術家及藝術理論家。此處描述的是他於一五〇二年完成的水彩畫〈野兔〉，是他最有名的作品之一。杜勒筆觸細微精妙，甚至在兔子的眼睛畫上了窗框的反射。

20．「一切細胞源自於另一個細胞」：此句出自德國病理學家菲爾紹（Rudolf Ludwig Karl Virchow, 1821-1902），他是第一個發現白血病的人。

21．探究可探究之物：語出德國大文豪、自然科學家歌德（Johann Wolfgang von Goethe, 1749-1832）對於幸福的定義。他認為對有思考能力的人而言，所謂幸福，即探究可探究之物，崇敬不可探究之物。

22．少年團：德文全名為Deutsche Jungvolk（德意志少年團），納粹時期的少年組織，招收介於十到十四歲的少年。

23．德國成績以一到五為評定標準，一為最優成績，依序遞減。若以一百分計算，一約莫是86到100之間，二：76-85；三：66-75；四：40-65；五：40以下。

24．友施（EOS）：全球郵購業的龍頭奧托集團（Otto Gruppe）旗下的金融服務公司。作用統一成一體的理論。

1．LPG：應指 Landesweite Planungsgesellschaft（全德計畫責任有限公司）。
2．奧巴林（Alexander Ivanovich Oparin, 1894-1980）：蘇聯的生物化學家，提出了生命起源假設理論。
3．米勒（Stanley Lloyd Miller, 1930-2007）：美國生物學家和化學家，以研究生命起源著名，並被視為天體生物學先驅者。

國家圖書館出版品預行編目 (CIP) 資料

長頸鹿的脖子／
茱迪思．夏朗斯基 (Judith Schalansky) 著；
管中琪．譯－初版－臺北市：大塊文化，
2014．01
面；公分．(to；82)
譯自：Der Hals der Giraffe
ISBN 978-986-213-492-4(平裝)

875.57 102024503

Hundebandwurm	顆粒性包生絛蟲
Parasitismus	寄生蟲
Keimdrüsenreifung	生殖腺成熟
Reifezustand	成熟狀態
Anthropogenese	人類起源論
Sexualdimorphismus	兩性異形
Demenz	失智症
Artensterben	物種滅絕
Infantizid	殺嬰
Nesseltiere	刺細胞動物
Medusen	水母
Dickenwachstum	厚度增加
Neozoen	入侵種
Ausbreitung	分布
Lebensraum	棲地
Wimpertiere	纖毛蟲
Fortpflanzungsstrategien	繁殖策略
Revierverhalten	領域行為
Menopause	更年期
Kulturfolger	共居物種
Selektion	天擇
Wasserkreislauf	水文循環
Toleranzbereich	耐受範圍
Sukzession	演替
Chloroplasten	葉綠體
Photosynthese	光合作用
Kahnstellung	頂感反射
Monokultur	單一作物栽培
Sekretion	分泌作用
Einnischung	新增適應原理
Brutgemeinschaft	後代
Fehlprägung	反常行為
Brutstimmung	孵蛋氛圍
Domestikation	馴養
Artenvielfalt	物種多樣性
Rangordnung	等級
Paarungssysteme	交配系統
Wirbellose	無脊椎動物
Hermaphroditismus	雌雄同體
Adrenalinausschüttung	腎上腺素分泌
Individualdistanz	個體距離
Modellorganismus	模式生物
Hämophilie	血友病
Rekombination	重組
Mendel'sche Gesetze	孟德爾法則
Fetalzeit	胎兒成形期
Embryogenese	胚胎發生
Reinzucht	純種繁殖
Torbogenreflex	拱門反射
Konjugation	接合作用
Mutanten	突變
Blutgruppen	血型
Rhesusfaktor	Rh因子
Massenauslese	選種
Jarowisation	春化作用
Morganismus	摩根主義
Konkurrenzausschlussprinzip	競爭排斥法則
Chimären	嵌合體
Mimikry	擬態
Buttersäuregärung	丁酸發酵
Elternfamilie	雙親家庭
Nacktsamer	裸子植物
Naturdenkmale	天然紀念物
Ausdrucksverhalten	表達行為
Vegetarismus	素食主義
Fortpflanzungserfolg	繁殖成效
Parthenogenese	孤雌生殖
Abstammung	起源
Zitratzyklus	檸檬酸循環
Kraneometrie	顱骨測量法
Genomsequenzierung	基因組測序
Zentralnervensystem	中樞神經系統
Glazial	冰河期
Infektion	感染
Erdzeitalter	地質年代
Neotenie	幼期性熟
Müttersterblichkeit	產婦死亡率
Fossilisation	化石化作用
Brückentier	過渡動物
Atavismus	返祖現象
Innenskelett	內骨骼
Fluchtverhalten	遷徙行為
Vergesellschaftlichung	社會化
Lamarckismus	拉馬克主義
Anagenese	前進演化
Rückzüchtung	返種培育
Kausalitätsprinzip	因果律
Abwehrreaktion	防衛性反應
Flugreflex	飛行反射

LOCUS